Amour brûlant

Dave Kerlson

AMOUR BRÛLANT

First edition. July 3, 2024.

ISBN: 979-8227390127

Written by Dave Kerlson.

Also by Dave Kerlson

Compagnon oublie

Protégé

Te Laisser partie

Chaleur Interdite

Le chaton du viking

Ombres et désir

Le Joker De la Reine

Ne Touchez pas

3 Patrons Robustes et une fille Désemparée

À Court de Loyer

Tentation Dépravée

Beau Cœur

Le Diable

Attendre pour toujours

Au lit Avec l'ennemi

L'interview

La prochaine fois que je tomberai

Sa Reine

Faire semblant d'aimer

Femme recherchée

Irréparable

Les frères

Nuits D'été moites

Amour brûlant

Il n'a fallu qu'un seul regard au milliardaire Rush Baldwyne pour vivre un amour brûlant comme il n'aurait jamais pu l'imaginer. Le beau pompier n'avait aucun doute sur le fait que la jolie demoiselle d'honneur était destinée à lui, mais Rush a dû attendre onze longs mois pour conquérir Faith Carrington.

Rush surveillait de près la jeune beauté, comptant les jours jusqu'à ce qu'il puisse la récupérer. Mais lorsqu'une catastrophe naturelle s'est produite et qu'il a été contraint de manquer son anniversaire, il est revenu plus déterminé que jamais.

« Allons-y, les gars ! » ai-je crié à mon équipe en sortant de l'église. Même si l'alarme incendie avait été déclenchée intentionnellement, nous devions quand même faire un balayage complet. L'

alarme avait interrompu un mariage, alors je me suis approché des mariés en leur adressant un sourire compatissant. Il faisait une chaleur torride dehors et notre équipement n'était pas vraiment respirant, alors j'ai retiré mon casque et me suis essuyé le front avec mon avant-bras. « C'était une fausse alerte. Vous êtes autorisés à entrer dans le bâtiment. » « Bien sûr, il y a eu une putain de fausse alerte en plein milieu de la cérémonie. » Mes yeux ont été immédiatement attirés par la personne qui avait fait ce commentaire. Mon corps a rugi de vie en admirant la vue de la petite femme aux cheveux auburn et aux plus beaux yeux bleus que j'aie jamais vus. Cela faisait bien longtemps que je n'avais même pas pris la peine de regarder une femme, et encore moins d'être sexuellement attiré par une femme. J'étais aussi stupéfait par ma réponse que par sa beauté. Son regard croisa le mien et je sentis comme si mon monde était à l'envers, comme s'il avait toujours été à l'envers et que je ne m'en étais simplement pas rendu compte. Elle était celle-là. Je le savais au plus profond de mon âme. Puis je baissai les yeux pour voir qu'elle tenait une petite fille, pas plus d'une. Ma mâchoire se durcit en même temps que ma bite. La vue d'elle avec un bébé dans les bras suffisait à me faire pleurer. Mais savoir qu'elle appartenait à un autre homme me frappa comme un train de marchandises. Un muscle sursauta dans ma joue tandis que je serrais les dents, me disant de m'éloigner et de l'oublier complètement. C'était vraiment dur, sans jeu de mots, quand elle ne parvenait pas à détacher son regard de moi, pas plus que je ne pouvais le faire d'elle. « Maman ! Maman ! » La petite fille que ma beauté tenait commença à tendre les bras frénétiquement pour atteindre une autre femme. Je me suis sentie soulagée quand j'ai réalisé que ce n'était pas son enfant – non pas qu'elle serait sans enfant bien longtemps – et je n'ai pas vu de bague quand elle m'a remis la petite fille. La mienne. « Allez, Rush », m'a appelé Caffrey, le tuyauteur du camion et un bon ami, me tirant hors du brouillard dans lequel cette femme m'enveloppait. J'ai jeté un coup d'œil à Caffrey, et il a fait un signe de pouce par-dessus son épaule en direction du camion. « Nous ne pouvons pas partir sans toi puisque c'est toi qui conduis le camion aujourd'hui. Arrête de regarder la jolie fille et ramène ton cul ici. » Je lui ai lancé un regard noir qui aurait fait trembler n'importe qui sauf Caffrey dans ses bottes. Mais l'une des raisons pour lesquelles nous étions devenus si bons amis était que je ne pouvais pas l'intimider, car il n'était pas impressionné par ma richesse. Il a de nouveau fait signe au bus, et j'ai réalisé que tout le monde était prêt à partir et m'attendait. Avec tout ce qui se passait, ce n'était pas le moment de me plonger dans mes nouveaux projets d'avenir. Serrant les dents de frustration, j'ai promis silencieusement à ma fille que je la reverrais bientôt et j'ai couru jusqu'à la plate-forme.

Quand je suis revenu à la caserne, j'ai immédiatement sorti mon ordinateur portable et j'ai commencé à faire des recherches jusqu'à ce que je découvre enfin qui elle était.

Faith Carrington.

Elle était la fille de Jonah Carrington, ce qui pourrait s'avérer un peu difficile. Jonah possédait une entreprise de technologie et de sécurité de renommée mondiale, celle avec laquelle tout le monde souhaitait travailler. Il était également connu pour être l'un des meilleurs, sinon le meilleur, hackers du monde. Et il avait la réputation d'être extrêmement possessif envers sa femme - et surprotecteur envers ses filles.

Non pas que cette information m'ait découragé le moins du monde. Mais le détail suivant que j'ai déniché a mis un léger obstacle à mes plans.

Âge : dix-sept ans.

J'avais dix-huit ans de plus qu'elle. Peut-être que cela aurait dû faire une différence, mais la vérité était que son âge ne changeait pas le résultat, juste le calendrier.

Chapitre 1

Rush

Je passai une main impatiente dans mes courts cheveux châtain foncé et me penchai en arrière dans ma chaise, posant une cheville sur le genou opposé.

« Où est-elle ? » grognai-je dans le téléphone.

« Détends-toi, Rush », dit Noah. Mon meilleur ami était le seul à savoir que j'étais obsédée par Faith.

« Est-ce que tu te détendrais si c'était Samantha ? » marmonnai-je.

Il resta silencieux un moment, puis grogna : « Tu as raison. »

Noah avait une idée de ce que je ressentais parce qu'il avait sa propre femme pour qui il faisait des projets. Bien qu'il ait attendu un peu plus longtemps depuis qu'il avait rencontré Samantha alors qu'elle avait encore seize ans. C'était une étrange coïncidence que nos situations soient si similaires, mais il s'est avéré que l'univers avait un sens de l'humour encore plus bizarre que nous le pensions parce que Samantha et Faith étaient pratiquement cousines.

« L'agence de sécurité que tu as engagée est presque aussi bonne que celle de ton futur beau-père », me rappela Noah.

Sa tentative de me rassurer ne fit que m'agacer davantage, car je détestais ne pas avoir les meilleurs pour veiller sur Faith. Mais entrer dans le bureau de Jonah Carrington et lui demander de m'aider à surveiller sa fille adolescente me semblait être un excellent moyen de finir par couler au fond de l'East River avec des chaussures en béton.

Je ne pouvais certainement pas lui en vouloir, pas quand c'était ce que je ferais à sa place. Néanmoins, il faudrait bien qu'il finisse par accepter l'idée que Faith soit à moi. Je n'allais pas lui laisser le choix.

« Alors pourquoi n'ai-je pas eu de leurs nouvelles ? » grognai-je. Il était un peu plus de minuit et Faith avait prévu de déjeuner avec ses amies dans ce restaurant à midi. Parfois, quand je ne pouvais plus supporter de rester loin de lui, je m'arrangeais pour la « croiser » quelque part. Cela faisait quatre mois que j'avais vu Faith pour la première fois à ce mariage, et il en restait encore sept avant qu'elle ait dix-huit ans. Au début, j'avais essayé de la laisser vivre sa vie et d'attendre patiemment, jusqu'au jour où je suis passé devant son école juste à la fin des cours. Elle est sortie du bâtiment en uniforme : jupe à carreaux, chemisier blanc et cravate bleue. Il ne lui manquait que les chaussettes hautes. Heureusement, parce que je n'étais pas sûr d'avoir pu me contrôler si elle les avait portées.

La jupe était trop courte, putain, et le petit connard d'adolescent qui marchait juste derrière elle lorgnait son cul, espérant clairement qu'une rafale de vent lui permettrait de voir ce qui était à moi.

Après ça, rester en retrait et observer n'était plus une option. J'ai d'abord eu une discussion avec le voyou qui lorgnait ma fille. Je l'ai menacé de le transformer en soprano s'il ne gardait pas ses mains et ses yeux pour lui. Et avant de le renvoyer à l'intérieur, reniflant comme une chatte, je lui ai ordonné d'avertir tous les autres garçons de faire de même.

Une chose qui m'a aidé à rester sain d'esprit – et à ne pas aller en prison – était l'indifférence manifeste de Faith envers les garçons qui l'entouraient. Elle était si clairement innocente... et j'avais envie d'une cerise mûre.

Malgré son imperméabilité envers le sexe opposé, j'ai appelé la meilleure société de sécurité du moment et je me suis assuré de garder un œil sur Faith à tout moment. Ils ont signalé tous ses mouvements chaque jour et plusieurs autres faits que je leur avais demandé de surveiller. Comme les rendez-vous chez le médecin.

S'ils pensaient que mes demandes étaient inhabituelles ou relevaient d'un niveau d'obsession malsain, ils ne le laissaient pas paraître. Mais c'était pour cela qu'ils étaient payés. Et ce n'était pas comme si je ne savais pas que j'étais excessif quand il s'agissait de Faith. Je m'en fichais tout simplement. Je ferais tout ce qu'il fallait pour m'assurer qu'elle m'appartienne. Je la ferais reproduire avec ma bague au doigt et en utilisant mon nom de famille avant que les bougies de son gâteau d'anniversaire ne s'arrêtent de fumer.

Et avant qu'elle ne réalise exactement à quel point mon obsession pour elle était profonde.

Il y avait quelques endroits où je pouvais la voir moi-même, des caméras faciles à pirater et des choses comme ça. Elle gardait des jumeaux de six mois pour un couple, et la sécurité de leur système de caméras de surveillance était une blague. Bien sûr, j'avais renforcé la sécurité pour protéger ma fille pendant qu'elle était là, mais évidemment, je gardais mon propre accès.

Ses gardes m'envoyaient souvent des vidéos aussi, et j'avais installé un serveur dédié chez moi où je stockais tous les enregistrements. Non seulement cela me donnait la tranquillité d'esprit de savoir qu'ils ne seraient pas perdus ou piratés, mais cela me permettait de les regarder encore et encore, de décortiquer chaque petit détail tout en apprenant autant que possible sur la femme qui m'appartenait.

Il ne m'avait certainement pas fallu longtemps pour remarquer qu'elle s'illuminait comme le 4 juillet chaque fois qu'elle voyait les jumeaux. Et le regard de nostalgie sur son visage quand elle devait dire au revoir. Chaque fois que je le voyais, ma bite durcissait d'impatience, prête à remplir Faith des bébés qu'elle voulait si clairement.

Mais au cours de nos brèves conversations, j'ai aussi appris qu'elle voulait devenir décoratrice d'intérieur et qu'elle adorait tout ce qui concernait Paris. Je l'avais déjà deviné, car c'était partout dans sa vie. Elle avait même eu un gâteau d'anniversaire composé de macarons empilés l'année dernière.

J'avais l'intention de réaliser tous les rêves de Faith.

C'est pourquoi je nous ai acheté un appartement à Paris, afin que nous puissions y aller quand elle le voulait. Lorsqu'elle n'était pas allongée sur le dos, les jambes en l'air, faisant de moi un papa, nous pouvions explorer la ville et visiter tous les endroits qu'elle aimait ensemble.

Mon téléphone a bipé et j'ai jeté un œil à l'écran pour voir que j'avais un message de Val, le garde du corps qui suivait Faith. « Je t'appellerai plus tard, Noah », ai-je dit à mon amie et j'ai raccroché sans attendre de réponse.

Val : Son rendez-vous chez le coiffeur a duré longtemps.

J'étais irrité qu'elle ait attendu jusqu'à maintenant pour me le dire, mais tout ce qui m'importait vraiment, c'était de savoir quand je verrais ma fille.

Moi : Elle est en route maintenant ?

Val : Oui, monsieur. ETA 5 minutes.

J'ai posé mon pied par terre, me suis redressé un peu sur mon siège et j'ai pris mon café glacé. Elle est arrivée au coin de la rue juste au moment où j'avalais et reposais la tasse sur la table.

Faith a dérapé jusqu'à s'arrêter, provoquant la collision de son amie Olive. L'élan a propulsé Faith en avant, et elle serait entrée en collision avec moi si je n'avais pas sauté sur mes pieds et ne l'avais pas tirée dans mes bras.

Putain de merde. Elle se sentait incroyable pressée contre moi. Ses courbes douces s'inséraient parfaitement dans les rainures dures de mon corps musclé. Même si je la dominais, j'avais l'impression que nous étions une combinaison parfaite de deux pièces de puzzle.

Faith était peut-être jeune, mais son corps était entièrement féminin. Elle était petite mais avait des courbes appétissantes. Un visage rond avec des yeux bleus saisissants et une bouche en bouton de rose, de gros seins que j'avais hâte de sucer, un ventre plat - je m'en occuperais dès que possible - des hanches larges qui étaient parfaites pour la reproduction et des jambes galbées qui, je le savais, seraient incroyables enroulées autour de moi pendant que je la baiserais.

Je savais que je devais la laisser partir avant de faire quelque chose de stupide, surtout compte tenu de la bosse considérable dans mon pantalon. Mais d'abord, j'ai plongé mon visage dans ses douces vagues auburn et j'ai inhalé son parfum de noix de coco et de citron vert.

En observant Faith, j'avais également récupéré ses reçus, consulté son historique d'achats et tout ce qui, selon moi, pourrait m'aider à préparer notre vie ensemble. Notre douche était déjà approvisionnée de son gel douche préféré. La lotion du même parfum se trouvait sur la table de nuit de son côté du lit et dans plusieurs autres pièces de la maison.

Lorsque je suis tombé sur un spray d'ambiance du même parfum, je n'ai pas pu l'acheter assez vite. En fait, j'avais vidé tous les flacons que le magasin avait en stock. Le soir, j'en vaporisais mon oreiller avant de m'endormir, ce qui rendait mes rêves d'elle encore plus réels.

« Je suis vraiment désolée, Rush », haleta Faith, et je rassemblai mes forces en l'éloignant de moi.

« Tu n'as rien à regretter, yeux bleus », lui dis-je, cédant à l'envie de repousser des mèches rebelles de ses cheveux auburn derrière son oreille. « J'aime être ton chevalier en armure étincelante. »

Ses joues s'épanouirent de rose, et je retins un gémissement. J'avais parié avec moi-même jusqu'où irait ce rougissement quand elle serait remplie de moi sur vingt-cinq centimètres et crierait mon nom.

Je chassai ces images et retournai rapidement à mon siège, croisant les jambes pour cacher la bosse géante dans mon jean.

« Eh bien, euh... profite de ton déjeuner », dit doucement Faith, semblant réticente à s'éloigner.

« Toi aussi, yeux bleus », murmurai-je, gardant ma voix suffisamment basse pour qu'elle n'atteigne pas ses oreilles.

Des moments comme celui-ci rendaient difficile de ne pas oublier son âge. Elle suivit ses amies dans le restaurant, mais ses yeux restèrent fixés sur moi jusqu'à ce qu'Olive lui attrape le bras et la guide rapidement pour qu'elle ne marche pas dans la grande baie vitrée. Les joues de Faith devinrent cramoisies et je rigolai en voyant l'image douce et innocente qu'elle faisait.

Ma fille me rappelait souvent un ange aux cheveux roux. Elle était aussi incroyablement sensuelle et j'avais hâte de faire ressortir la séductrice cachée en elle. Je l'imaginais souvent me chevaucher avec un abandon sauvage, ses cheveux auburn se balançant autour d'elle alors qu'elle se penchait en arrière avec ses mains sur mes cuisses, poussant ses seins en l'air.

Je regardais ses larges hanches et son cul sexy se balancer à travers la fenêtre alors qu'elle s'approchait du comptoir. La situation dans mon pantalon ne s'améliorait pas, mais j'avais du mal à partir quand elle était si proche.

« Rush Baldwyne ? »

Mon attention s'était détournée de ma copine et je fronçai les sourcils tandis que mes yeux se tournaient vers la personne qui avait appelé mon nom.

Une grande femme maigre aux cheveux roux aussi faux que les ballons en silicone sur sa poitrine s'approcha de ma table. Ses lèvres trop charnues se courbèrent dans ce qu'elle pensait probablement être un sourire séduisant, mais elle avait eu tellement de Botox que cela me rappela le sourire aux lèvres fines du Grinch.

« Rush. C'est tellement bon de te voir. »

Je fronçai les sourcils et je l'étudiai pendant une seconde de plus, mais rien chez elle ne me frappa. « Je ne pense pas que nous nous connaissions. »

Sa bouche se transforma en... une tentative d'expression, mais je ne m'en souciais pas assez pour comprendre.

« Bien sûr que si ! Nous nous sommes rencontrés au gala le mois dernier pour... »

Elle bafouillait à propos d'un événement auquel j'avais assisté, mais je n'arrivais toujours pas à la situer. J'étais seulement allé soutenir une fondation que Noah avait créée. Il était chirurgien cardiaque et avait mis au point plusieurs nouveaux outils et autres équipements qui avaient fait une différence significative dans le domaine médical. L'un des outils les plus attendus qu'il avait inventé était révolutionnaire, et les recherches ont montré une baisse astronomique du taux de mortalité pour certaines opérations cardiaques. Il avait été entièrement approuvé par la FDA l'année dernière et lui avait valu un prix Nobel, et il avait utilisé l'argent de la récompense pour financer une fondation de recherche.

Bien qu'il ne l'ait pas admis ouvertement, je soupçonnais qu'il avait été motivé par l'opportunité d'offrir un emploi à Samantha. Cela lui donnait le genre d'accès à elle que j'aurais donné jusqu'au dernier centime de mon compte en banque pour avoir avec Faith.

La situation étant ce qu'elle était, et avec mon désir de rester sous le radar, j'étais resté assez longtemps pour entendre le discours de Noah, l'écouter râler à propos de la robe de Samantha et l'empêcher d'assassiner un adolescent voyou qui n'arrêtait pas d'essayer d'attirer son attention. Puis je me suis éclipsé plus tôt.

Ce qui signifiait qu'il n'y avait aucune chance que je rencontre ou que je parle à cette femme pendant cet événement ou tout autre.

« Tu as dit que j'avais dansé... »

« Arrête », ai-je ordonné, plus irrité qu'elle détourne mon attention de Faith que du fait qu'elle mentait clairement. « Nous ne nous sommes jamais rencontrées, je t'assure. Maintenant, je suis très occupée... » Mes mots se sont interrompus lorsqu'elle s'est penchée sur la table, montrant plus de bulles de plastique sur sa poitrine que quiconque ne devrait avoir à voir alors qu'elle posait sa main sur mon bras.

J'allais lui dire calmement de ne pas me toucher quand j'ai senti des yeux sur moi. Mon cœur s'est serré dans mon estomac quand j'ai jeté un coup d'œil vers la porte et j'ai vu Faith nous regarder. Son expression était abattue, mais à la seconde où elle s'est rendu compte que je l'avais remarquée, elle s'est précipitée vers son amie, qui posait leur nourriture à l'une des autres tables en plein air. Faith a dit quelque chose, et Olive a jeté un coup d'œil dans ma direction. À la seconde où elle m'a repéré, ses yeux se sont tournés vers la rousse, et la bouche d'Olive s'est tordue de dégoût. Puis elle m'a regardé brièvement avant de se retourner pour marmonner quelque chose à ma fille.

Putain.

Chapitre 2

13

Rush

Étant né avec un fonds fiduciaire valant plus d'un milliard de dollars, j'étais habitué à ce que les femmes se jettent sur moi, mais cela ne signifiait pas que je devais aimer ça. Mon intérêt pour les relations superficielles et les aventures d'un soir était le produit des hormones adolescentes et durait à peu près aussi longtemps qu'un bonbon à la menthe.

Je savais ce que les femmes voyaient quand elles me regardaient... en plus des signes du dollar. Mon corps était déchiqueté parce que j'aimais être en bonne santé, et cela faisait de moi un pompier efficace. Avec mes yeux noisette, encadrés d'épais cils noirs, mon visage anguleux, ma mâchoire ciselée et mon nez droit, je n'étais pas considéré comme un beau garçon classique, mais j'étais suffisamment attirant pour figurer plusieurs fois sur la liste des philanthropes célibataires les plus sexy du monde.

Malgré mon désir de rester à l'écart des projecteurs, les paparazzis s'intéressaient encore à moi de temps en temps. Et c'était généralement à ce moment-là que des femmes comme celle-ci sortaient du bois. Elles pensaient que j'étais une telle catin que je ne me rendais pas compte que nous ne nous étions jamais rencontrés et elles s'armaient de suffisamment de détails sur mes allées et venues pour qu'il semble plausible que je les ai simplement oubliés. En général, je les repoussais fermement mais poliment.

Cependant, cette fois, j'étais furieux qu'elle ait blessé ma femme.

« Enlève ta main de moi », grognai-je en me levant d'un bond. « Fous le camp, et si jamais je te vois près de moi ou de quelqu'un d'important pour moi, je te fais arrêter pour harcèlement. » L'ironie de cette menace ne m'échappa pas, ni ne me dissuada.

« Mais... euh, nous... toi », bégaya-t-elle en reculant de quelques pas.

Je n'attendis pas qu'elle prenne une décision ou qu'elle essaie de jouer une autre main pour me piéger comme proie. Je me faufilai rapidement entre les tables jusqu'à arriver à celle de Faith et Olive. Elles levèrent toutes les deux les yeux alors que mon ombre tombait sur elles.

« Ça vous dérange si je vous utilise, mesdames, comme leurre ? » demandai-je avec mes meilleurs yeux de chiot.

Les yeux d'Olive se plissèrent et elle se pencha pour regarder autour de moi avant de s'asseoir et de me regarder d'un air hautain.

« Un leurre ? » demanda Faith, se redressant un instant. Elle essayait de paraître cool, mais la curiosité colorait son ton.

Je grimaçai. « Au risque de passer pour un connard pompeux, quand on a un compte en banque de la taille du mien, ça peut attirer le mauvais genre d'attention. »

Les deux filles grimaçaient et me lançaient un regard compatissant. « Je suis passée par là », soupira Faith.

Mes yeux se plissèrent et je me penchai sur la table jusqu'à ce que mon visage soit à quelques centimètres du sien. « Je veux leurs noms. Maintenant. »

Les yeux de Faith s'arrondirent et ses jolies lèvres formèrent un joli petit O. C'était tellement dur de ne pas l'embrasser, de fourrer ma langue dans cette bouche et de goûter enfin à quel point elle était douce. Mais mon obsession était déjà trop évidente, alors je me forçai à détourner les yeux de la tentation et me redressai. Elle s'habituerait à l'intensité de mon obsession avec le temps, mais j'avais besoin de mettre ma bague à son doigt et mon bébé dans son ventre avant qu'elle en voie la véritable force.

« Euh, je n'ai pas tenu de liste, mais c'est vraiment gentil de ta part. » Quand je la regardai à nouveau, elle sourit chaleureusement, semblant sincèrement ravie de mes actions. C'était probablement ce qu'elle avait interprété comme un geste galant plutôt que comme la soudaine colère sanglante qu'il s'agissait en réalité.

Je voulais lui dire qu'elle pouvait venir à moi à tout moment pour une protection, de l'affection, ou même juste pour parler. Au lieu de cela, j'ai hoché la tête et murmuré : « À ton service, tu te souviens ? »

Les yeux de Faith scintillèrent. « Mon propre chevalier blanc. »

« Et pourtant, tu m'as sauvé des griffes insipides d'un dragon avide d'argent, » la taquinai-je, la faisant rire et rougir.

« Eh bien, euh, je pense que je vais manger... »

Je jetai un coup d'œil à Olive, ayant oublié qu'elle était là, et lui fis un signe de tête poli. « Désolé de t'interrompre, mais merci encore pour ton aide. »

« Veux-tu te joindre à nous ? » demanda doucement Faith.

Tentée, bébé. Tellement tentée.

« Malheureusement, je dois me rendre au poste pour mon service. »

« D'accord. » Son sourire glissa, et je retins ma satisfaction suffisante de savoir qu'elle n'était pas non plus contente d'être séparée de moi. « Une autre fois. »

« Compte sur moi, » lui dis-je avec un clin d'œil.

Putain de merde. J'avais mal de la tête aux pieds.

En me traînant jusqu'à ma chambre, je me suis déshabillé en chemin vers le lit et je suis tombé face contre terre sur le matelas. Puis j'ai rassemblé toute mon énergie pour tourner la tête sur le côté afin de ne pas suffoquer.

Quand j'ai décidé que je voulais devenir pompier, mes parents ont pensé que j'étais fou et je savais que le reste du monde verrait cela comme un coup de pub. Je suis donc entré discrètement à l'académie des pompiers et c'est devenu mon havre de paix. Le chef des pompiers et mon équipe d'échelles étaient tous une équipe incroyable avec laquelle travailler et ils ont gardé mon implication pour eux.

Mais il y avait des moments, comme ce soir - ou ce matin si je voulais vraiment être technique - où je me demandais à quoi je pensais.

C'était la semaine des promesses de dons dans de nombreux campus des arrondissements et j'avais perdu le compte du nombre de fois où nous avions été appelés sur un incendie, soit après une soirée arrosée, soit après un bizutage qui avait mal tourné. J'avais passé plus de temps avec mon équipement que sans, et cet équipement n'était pas léger.

Pour couronner le tout, un train est tombé en panne au milieu d'un des carrefours les plus fréquentés de la ville, ce qui a empêché plusieurs personnes de prendre leur service. C'était la première fois que je mettais les pieds dans ma maison depuis trois jours.

Comme d'habitude, je recevais des nouvelles constantes de l'équipe de sécurité de Faith, mais je n'avais pas eu le temps de lui jeter un coup d'œil rapide pendant qu'elle gardait les enfants. Et les rares fois où j'avais pu faire une sieste, je n'osais pas penser à elle pour éviter les rêves érotiques.

J'étais épuisé, affamé, sale, et tout ce que je voulais, c'était voir Faith. J'étais pratiquement en manque de ma fille.

Après m'être reposé quelques minutes, j'ai rampé jusqu'au lit et me suis glissé sous les couvertures. J'ai attrapé la télécommande de la télévision sur la table de nuit, puis je me suis étalé sur le dos et j'ai appuyé sur le bouton qui abaissait la télévision. Elle descendait en biais, donc je n'avais pas besoin de me relever pour regarder l'écran, ce qui était pratique quand on ne pouvait pas bouger.

En utilisant des commandes vocales, j'ai accédé à mon serveur et j'ai récupéré les images de Faith des derniers jours. Quand son visage est apparu sur l'écran, c'était comme prendre une profonde inspiration après avoir fait surface après des heures passées dans l'océan.

Tournant légèrement la tête, j'ai inhalé l'odeur de noix de coco et de citron vert sur l'oreiller pendant que je la regardais roucouler avec les jumeaux. Ma bite a tressailli, puis a commencé à durcir et à s'allonger tandis que les images d'une Faith enceinte nageaient devant mes yeux fatigués.

Je n'ai pas pris la peine d'essayer de trouver du soulagement, cependant. L'idée que quelqu'un d'autre que Faith – même ma propre main – me fasse jouir me semblait une trahison. Non pas que j'aurais à souffrir longtemps. C'était le seul endroit où je me libérais de ma faim étroitement maîtrisée. Où je pouvais me détendre et m'adonner pleinement à mon désir de Faith.

Dans notre chambre, notre lit, juste moi et ma fille aux yeux bleus.

J'ai fermé les yeux et j'ai écouté la douce cadence de sa voix.

Chapitre 3

Rush

« Je t'aime, Rush. »

« Dis-le encore, Faith, » exigeai-je avant de faire glisser ma langue sur sa fente, encerclant son clitoris et redescendant pour plonger dans son étroit canal.

« Oh ! Oui ! »

« Dis-le. » dis-je en lui pinçant fort les fesses pour qu'elle sache que je ne plaisantais pas.

« Je t'aime ! »

« Putain, putain, » grognai-je.

J'écartai ses plis gonflés et humides et soufflai doucement sur sa chair lisse. Elle frissonna, et j'inspirai profondément en regardant sa crème collante suinter de son centre. « Je peux sentir à quel point tu es putain de nécessiteuse, yeux bleus. » Je léchai la douceur, gémissant lorsque le goût éclata sur ma langue, faisant gicler mon propre sperme épais de ma bite.

Mes yeux se levèrent alors que je mangeais sa douce chatte, fixant son ventre gonflé et ressentant la satisfaction totale de savoir que j'avais accouché de ma femme. Je l'avais marquée de toutes les manières possibles, à l'intérieur comme à l'extérieur, il n'y avait donc aucun doute qu'elle m'appartenait.

J'adorais voir Faith enceinte, sachant qu'elle tenait un petit morceau de nous deux dans son ventre. Le souvenir de la façon dont je l'avais mise enceinte de mon deuxième bébé me revenait à l'esprit.

Après qu'elle ait donné naissance à notre premier bébé, j'avais eu l'intention de lui laisser un peu de temps avant de mettre un autre bébé dans son ventre. Mais après huit semaines à la regarder nourrir notre petit avec ses seins laiteux et à boire tous les restes, je n'avais pas pu me contrôler lorsque le médecin avait donné le feu vert. J'étais presque sûr d'avoir baisé notre deuxième bébé en elle dans la voiture sur le chemin du retour du cabinet du médecin.

Ce n'était pas comme ça que j'avais imaginé notre première fois ensemble après son accouchement, mais Faith m'avait pratiquement attaqué à la seconde où les portes s'étaient fermées.

Notre petite fille était avec ses grands-parents, donc nous étions juste nous deux. « J'ai besoin de toi », gémit-elle d'une voix rauque et gutturale en attrapant ma braguette.

« Pas dans la voiture, Faith », la réprimandai-je en capturant sa main et en la retirant de ma braguette. Puis je l'embrassai fort, essayant de rassembler un peu de contrôle et de patience.

Elle arracha ses lèvres, et un gémissement tomba de ses lèvres piquées d'abeilles alors qu'elle s'attaquait à nouveau à mon aine. « J'ai hâte. »

Avant que je puisse la rattraper cette fois, elle glissa à genoux et me prit dans sa bouche avant que je puisse faire un geste pour l'arrêter. Creusant ses joues, elle me suça si fort que je vis des étoiles. Faith avait été impatiente d'apprendre à me faire plaisir, et elle était devenue une putain de déesse pour avaler ma bite. Avec un bouton que j'avais fait installer après les premières fois où nous avions été interrompus en train de faire l'amour à l'arrière de notre voiture, j'indiquai au chauffeur qu'il devait continuer à avancer jusqu'à ce qu'on lui dise le contraire.

Puis je retirai Faith de ma bite et déchira sa culotte.

« Hé, » fit-elle la moue, se léchant les lèvres et fixant ma bite avec avidité.

« Je promets de mettre chaque centimètre dans ta gorge sexy et de baiser ta bouche plus tard. Je n'ai pas été dans cette chatte depuis huit putains de semaines, et je ne vais pas jouir pour la première fois dans ta bouche. »

Je lui agrippai les fesses et la soulevai pour qu'elle chevauche mes cuisses avec ses genoux de chaque côté de moi. « Maintenant, baise-toi sur ma bite, yeux bleus. »

Lentement, elle avait commencé à me prendre à l'intérieur, mais je l'arrêtai quand je la vis grimacer même si elle essayait de le cacher.

« S'il te plaît, Rush, » supplia-t-elle, pivotant ses hanches et me faisant sortir de mon putain d'esprit de besoin. « Je ferai attention. S'il te plaît. »

Ses supplications et la succion de sa chatte autour de mon gland l'emportèrent sur mon bon sens. Mais je savais qu'une chose pourrait aider, alors j'agrippai le devant de son chemisier et déchirai les côtés, révélant ses seins mûrs et gonflés.

Son soutien-gorge se clipsa sur le devant, et je grognai. « Tu as prévu ça, petite coquine ? »

Elle cambra le dos, faisant tendre ses seins - qui étaient à peine contenus comme ça - contre le tissu. « Je n'ai aucune idée de ce dont tu parles. »

« Tu vas payer pour m'avoir obligé à te baiser à l'arrière de la voiture comme ça, Faith, » j'ai juré. « Mais je dois t'avoir maintenant. » J'ai retourné le fermoir et j'ai attrapé ses seins dans mes paumes alors qu'ils se déversaient librement. Ils étaient lourds et pleins, les pointes perlaient de lait avant que les gouttes ne roulent le long des renflements. Je les ai attrapés avec ma langue avant d'enrouler mes lèvres autour d'un mamelon laiteux et de le sucer fort.

« Vite ! Oh oui ! » a crié Faith alors qu'elle commençait à rebondir sur ma bite, se déplaçant de haut en bas, de plus en plus vite. « Oui ! Oui ! »

J'ai gémi à la sensation de sa chatte bien serrée étranglant ma bite tandis que le jus sucré de son mamelon remplissait ma bouche. Elle était presque complètement empalée lorsque je suis passé à l'autre monticule et que j'ai bu à rassasiement.

Une fois que j'étais complètement assis, ses muscles internes ont spasmé et un picotement a commencé à la base de ma colonne vertébrale. J'ai arraché mes lèvres de ses seins et j'ai glissé une main dans ses cheveux, serrant les mèches dans mes poings et forçant son visage près du mien. « Regarde-moi, yeux bleus », ai-je exigé. J'ai attendu que ses paupières s'ouvrent lentement, révélant ses flaques bleues glacées de désir. « Est-ce que tu sens ma bite nue dans ta petite chatte serrée, Faith ? »

J'ai donné un coup de hanches vers le haut, et elle a crié : « Oui ! Tellement bon. Oh, Rush ! » Ses yeux ont commencé à se fermer, et j'ai tiré sur ses cheveux, faisant voler ses paupières une fois de plus.

« J'étais prêt à attendre, yeux bleus », lui ai-je dit doucement. « J'ai des préservatifs dans le tiroir de la table de nuit à la maison. Mais tu devais juste avoir ma bite en toi maintenant. »

Baissant la tête, je l'ai embrassée profondément tandis que mon bassin tournait et poussait, la rapprochant du bord. Lorsque je me suis séparé d'elle quelques minutes plus tard, je me suis immobilisé et j'ai attendu qu'elle croise à nouveau mon regard fixe. « Est-ce que tu comprends, Faith ? Je n'ai pas de protection sur moi, et même si j'en avais, je ne pense pas que je l'utiliserais après ce petit coup. Alors tu ferais mieux d'être préparée parce que je vais te baiser nue à partir de maintenant, bébé. Je vais te remplir tellement que tu n'auras pas faim pendant une semaine, et tu vas faire de moi un papa à nouveau.

Faith gémit à nouveau et essaya de monter et descendre sur ma bite, m'encourageant à continuer à la baiser. « C'est ce que tu voulais depuis le début, n'est-ce pas ? » roucoulai-je, réalisant soudain son jeu. « Dis-le, Faith. C'est ça que tu voulais ? Que ma bite nue baise ta chatte gourmande et mette un autre bébé dans ton ventre ? Dis-moi. »

« Oui, » souffla-t-elle. « Je veux un autre bébé, Rush. Baise-moi ! Oh ! Oh oui ! »

Elle n'avait pas fini sa requête que je l'ai perdue. La soulevant, je m'accrochai à l'un de ses seins crémeux alors que je me cabrais, la pénétrant encore et encore, en rut dans ma femme comme un animal avec un seul but en tête. Procréer ma femelle.

« Tu as un goût tellement bon, » gémis-je en passant à l'autre téton. « C'est ça, bébé, nourris-moi pendant que je te remplis de ma semence. » Je buvais avec soif, chaque gorgée envoyant une impulsion érotique de plaisir directement dans ma bite. Il ne fallut pas longtemps avant que ses murs ne commencent à trembler, et elle hurlait – heureusement que j'avais insonorisé nos Town Cars – me suppliant de la laisser jouir.

« Pas encore », grognai-je. Je voulais qu'elle jouisse longtemps et fort quand j'exploserai en elle, rendant son col de l'utérus agréable et doux.

« Serre cette chatte, bébé, oui ! Oh ouais. Putain ! Oh putain ! Putain ! »

« S'il te plaît, Rush ! J'ai besoin de jouir, je ne peux pas l'arrêter ! Oh ! Oh ! »

« Tu jouiras quand je te le dirai », grognai-je avant de mordre un de ses tétons. Elle haleta, et sa chatte me serra si fort que j'eus brièvement peur qu'elle ne se brise. Mais je m'en fichais complètement quand c'était si incroyable.

« Presque, bébé. » Mes couilles étaient lourdes et se gonflaient, mais je me battais, voulant rendre ma libération aussi puissante que possible. « Oh putain ! La foi ! Putain ! Maintenant ! » hurlai-je alors que mon orgasme me frappait avec la force d'un ouragan. Je jouis longtemps et fort, et je m'évanouis même pendant quelques secondes à la fin.

Quand mes sens revinrent, je baissai les yeux et vis que Faith était inconsciente. C'était comme le paradis d'être à nouveau enfouie dans sa chaleur, alors je me détendis contre le siège et laissai la voiture continuer à rouler un moment.

« Dépêche-toi ! Tu m'as déjà fait jouir deux fois avec ta bouche ! Je n'en peux plus ! » La voix frénétique de Faith et les pulsations de ma bite me ramenèrent à la réalité. J'ai presque ri quand j'ai réalisé que j'avais fantasmé sur l'incroyable qualité de notre baise pendant que je la dévorais.

« Tu n'as aucune idée à quel point je t'aime, » gémis-je en me mettant enfin à genoux et en posant ses jambes sur mes épaules. J'étalai mes mains sur son ventre, et ma bite se resserra. Je n'avais aucune idée de ce que cela disait de moi que je trouve le ventre de Faith enceinte si incroyablement érotique. Peut-être que c'était le Néandertalien en moi et l'instinct de base de procréer, de se reproduire.

Pas que je m'en souciais. Si le fait de me plaire à chaque détail de ma femme, y compris à ses seins laiteux et à son ventre gonflé, me rendait peu évolué, alors j'étais plus que satisfait de ça.

« À moi », grognai-je en la pénétrant lentement. « Oh putain ouais, bébé. »

Je n'étais pas sûr que ce soit possible, mais j'aurais juré qu'elle était devenue encore plus serrée après avoir eu le bébé.

« Oh, Rush », gémit Faith tandis que ses mains se resserraient en poings, tenant les draps avec une poigne blanche. Quand je fus complètement assis, elle gémit, « J'adore que ta grosse bite m'étire. Mmm, je suis si plein. Tu es si profond. »

« Faith », grognai-je en guise d'avertissement. « Tu sais que quand tu parles comme ça, je n'arrive pas à garder le contrôle. »

Son dos se cambra et elle prit ses seins en coupe, les pressant pour qu'une partie de son lait coule le long des globes lourds. Je repoussai l'instinct animal qui essayait de faire surface, me rappelant qu'elle était enceinte et que je devais être doux.

« Mais Rush », ronronna-t-elle, faisant glisser ses mains sur son ventre, provoquant un autre grognement profond de ma poitrine. « J'en ai besoin fort. »

En grognant, je saisis ses deux mains et les mis au-dessus de sa tête. « Tu connais les règles, Faith. Personne ne touche cette chatte à part moi. Maintenant, garde tes mains là, ou j'arrête. » Mais elle avait déjà atteint son but. Elle avait brisé mon contrôle... encore une fois.

La lèvre inférieure charnue de Faith sortit en une petite moue, mais elle disparut quand je me retirai et claquai à l'intérieur, et elle ouvrit la bouche pour crier.

Je nous poussai tous les deux vers notre orgasme, martelant sa chatte avec un abandon sauvage. D'une manière ou d'une autre, elle réussissait toujours à faire ressortir l'animal en moi, et je la baisais comme un étalon dans un haras. J'essayais de rester doux, mais putain, elle était impossible à résister.

« Fonce ! » cria Faith. « Oui ! Oui ! Je vais jouir ! »

« Prends-le, bébé, » grognai-je. « Jouis sur ma bite, yeux bleus. »

Je me réveillai juste au moment où mon orgasme me frappa, et je giclai sur moi et sur le matelas. Une fois que j'eus fini, je soupirai et sortis prudemment du lit pour ne pas faire un plus gros gâchis.

M'endormir au son de la voix de Faith me donnait souvent des rêves érotiques comme celui-ci. Ils étaient si réels que je détestais me réveiller. Je détestais voir le lit vide à côté de moi. Je détestais prendre une douche seule. Je détestais être sans Faith.

Après avoir nettoyé, j'ai enlevé le matelas et remplacé les draps, puis je me suis glissée dans la chambre et j'ai essayé de me rendormir.

chapitre 4

27

Rush

« Bonjour, Rush. »

La voix chaleureuse de Faith m'envahit et je levai les yeux pour la voir debout à ma table, souriant gentiment.

« Salut, yeux bleus », la saluai-je avec un sourire. « Je suis ravie de te rencontrer ici. » C'était probablement une décision stupide, mais après neuf mois d'attente, j'étais arrivée au point où j'avais besoin de parler à Faith au moins une fois par jour ou je perdrais la tête. Alors j'ai commencé à fréquenter le café qu'elle adorait. Elle était là presque tous les jours. Ma seule grâce salvatrice était qu'il était près de la caserne des pompiers, donc j'avais une excuse plausible.

Faith gloussa et ses yeux bleu foncé scintillèrent. J'espérais que nos filles avaient ses yeux... mais peut-être pas. Si nos filles étaient aussi belles que Faith, je devrais les enfermer dans une tour jusqu'à leurs années d'or.

Son sourire devint presque timide et elle rougit avant de dire : « J'espérais... euh, c'est toujours agréable de te voir. »

Putain de merde. J'avais envie de la tirer sur mes genoux et de l'embrasser comme une folle. Mais j'ai ravalé mon désir et gardé une expression agréable. « J'aime aussi te voir, Faith. » J'ai remarqué que personne ne l'avait appelée et qu'elle n'avait pas regardé autour d'elle comme si elle attendait quelqu'un. « Tu rencontres quelqu'un aujourd'hui ? »

Elle secoua la tête. « Non. Ma sœur était censée me rejoindre, mais les jumelles font leurs dents, alors elle voulait être à la maison avec elles. Alors je suis venue me faire ma dose toute seule. » Ses yeux étaient rivés sur mon visage quand elle a fait son commentaire et je me suis demandé – et j'ai espéré – qu'elle parlait de moi plutôt que du café.

Je savais que je devais mettre un terme à la conversation. Lui dire un au revoir poliment et la congédier gentiment. Garder mes distances. Il ne nous restait plus que deux mois.

Au lieu de cela, j'ai poussé le siège à côté de moi et je lui ai fait signe de s'asseoir. « J'ai de la chance. Je pourrais utiliser tes conseils. »

La bouche de Faith formait un petit O et ses yeux s'écarquillèrent. « Mon conseil ? »

J'ai ri en la voyant si mignonne à ce moment-là. « Tu ne m'as pas dit une fois que tu voulais te lancer dans la décoration d'intérieur ? »

Son nez s'est froncé pendant qu'elle réfléchissait, et j'ai prié pour qu'elle ne se rende pas compte que je bluffais complètement. « Vraiment ? »

« Je suis presque sûr... »

Ses épaules ont rebondi tandis que ses lèvres se relevaient et elle a ri. « J'ai dû le savoir, sinon comment le saurais-tu ? »

Il était temps de changer de sujet. « Et si je nous prenais quelques verres, puis je pourrais te demander conseil sur quelque chose ? »

Je me suis levé mais je me suis arrêté quand elle a posé une main sur mon bras. « Tu n'es pas obligé de... »

Ma main libre me démangeait de me poser sur la sienne, mais ce genre de contact peau contre peau ne demandait que des ennuis. « Je sais. Mais j'en ai envie. » Avant qu'elle ne puisse dire quoi que ce soit, je me dirigeai vers le comptoir et commandai pour nous deux une boisson et un scone.

Quand je revins avec notre nourriture, elle me lança un regard étrange tandis que je la posais devant elle. « Waouh. Puisque tu ne m'as pas demandé ce que je voulais, j'ai pensé que tu m'apporterais une sorte de café frou-frou. Je n'arrive pas à croire que tu aies deviné ma boisson préférée. »

« Je suis observatrice », expliquai-je. Ce n'était pas faux, mais je l'avais en fait appris grâce au dossier que j'avais sur elle.

Ses joues devinrent roses, et elle but une gorgée de sa boisson avant de murmurer : « Je ne savais pas que tu m'avais remarqué. »

« Je remarque tout chez toi », ai-je admis.

Le rose devint cramoisi, mais ses yeux scintillèrent à nouveau.

« Quoi qu'il en soit, j'achète une nouvelle maison et j'ai pensé qu'il serait bon d'avoir l'impression d'un architecte d'intérieur avant de prendre une décision finale. » Le portfolio de la maison se trouvait dans un dossier que j'avais déjà posé sur la table, alors je le lui ai poussé.

« Je n'ai pas beaucoup d'expérience », a-t-elle dit doucement, mais ses yeux se sont illuminés d'excitation.

« Merci, putain », ai-je marmonné, trop bas pour qu'elle l'entende. Puis j'ai élevé la voix à un niveau normal. « Vous avez exactement ce que je cherche. »

Ce doux rougissement a de nouveau couvert ses joues et j'ai réprimé l'envie de passer un doigt sur la jolie couleur. Au lieu de cela, j'ai tendu la main et j'ai ouvert le dossier.

L'expression de Faith en disait long. Mais j'étais heureuse de l'entendre murmurer : « Waouh. »

« Est-ce que tu aimes ? »

Elle a secoué la tête et j'ai froncé les sourcils. Est-ce que je l'avais mal lue ? Non. Faith était comme un livre ouvert.

« Aimer n'est pas un mot assez fort », a-t-elle dit en tournant la page suivante. Elle a lu quelque chose, puis a souri. « En fait, elle n'est pas loin de la maison de ma sœur. » Ce n'est pas une coïncidence. Grace et Faith étaient extrêmement proches.

J'ai ressenti un soulagement, ainsi qu'une certaine satisfaction. J'ai su dès la minute où j'ai vu cette maison qu'elle était destinée à Faith. Mais je voulais en être sûre, alors j'ai attendu la bonne occasion et j'ai eu de la chance aujourd'hui.

Le manoir était un château en pierre calcaire inspiré du château de Versailles, conçu dans le style du classicisme français du XVIIe siècle. Des portes de fer géantes et des piliers en pierre calcaire s'ouvraient sur une allée bordée d'arbres, créant une entrée grandiose qui menait à la maison à deux étages. Elle était située sur une demi-douzaine d'hectares avec des jardins opulents et des pelouses ouvertes, donnant l'impression de la campagne française.

C'était parfait pour une grande famille, et pas seulement parce que le terrain offrait beaucoup d'espace pour que les enfants puissent courir. Il y avait huit chambres, une douzaine de salles de bains, des logements pour le personnel, une salle de bal, une salle de cinéma et d'autres espaces pour profiter ensemble. Après avoir baptisé chaque pièce de la maison, j'avais l'intention de remplir toutes ces chambres.

La décoration intérieure avait été faite pour correspondre à l'architecture du manoir, il était donc assez orné de plusieurs lustres, de feuilles d'or, de portes en fer forgé et de multiples autres éléments qui le faisaient ressembler davantage à un musée.

Il fallait la touche de Faith pour en faire une maison.

Tandis qu'elle feuilletait les photos, son visage oscillait entre la joie et la grimace, ce qui me faisait rire.

« C'est un peu trop, n'est-ce pas ? C'est pourquoi j'ai besoin d'aide, pour trouver comment garder l'authenticité tout en rendant ce foyer confortable pour ma famille. »

Faith se raidit et après un moment, elle me jeta un bref coup d'œil avant de revenir aux photos.

Plutôt que de demander une explication, j'attendis en silence qu'elle rassemble ses pensées et me dise ce qui la tracassait.

Elle s'éclaircit la gorge et demanda : « Est-ce que tu... euh, tu n'as jamais mentionné que tu étais marié ? » Sa voix semblait si découragée que j'étais tenté de mettre toutes les cartes sur la table. Mais il restait encore trop de temps avant que je puisse la faire mienne, trop de temps pour qu'elle se laisse convaincre de ne plus être avec moi. Non pas qu'elle ait le choix, mais il serait plus facile de lui montrer notre incroyable avenir commun en le vivant immédiatement.

Et mettre mon enfant en elle la lierait à moi d'une autre manière encore. J'avais l'intention de travailler là-dessus dès qu'elle aurait ma bague au doigt. Heureusement pour moi, son corps serait mûr et prêt à se reproduire une semaine après son anniversaire.

Je le savais parce que mon équipe avait suivi ses visites chez le médecin pour m'assurer qu'elle ne se faisait pas prescrire de contraceptifs. Lorsqu'elle était allée voir son gynécologue, j'avais failli faire capoter tous mes plans en la kidnappant sur-le-champ. Cependant, il s'est avéré que c'était son examen annuel - heureusement avec une femme médecin sinon j'aurais pété les plombs - et après avoir piraté les dossiers, j'ai découvert qu'ils tenaient un graphique de ses cycles.

Savoir que je n'aurais pas à attendre pour la mettre enceinte m'avait rendu tellement excité. J'avais hâte de m'enfoncer dans sa jeune chatte vierge et de la remplir de ma semence. Je la baiserais comme un homme possédé jusqu'à ce que je sache qu'elle avait pris racine.

Je doutais que cela change beaucoup après qu'elle soit enceinte, cependant. Mon obsession pour elle ne connaissait pas de limites. La plupart des gens considéreraient probablement cela comme une fixation malsaine, mais je me fichais complètement de ce que les autres pensaient, à part Faith.

C'est pourquoi j'étais si heureux de voir qu'elle semblait déçue par l'idée que je ne sois peut-être pas libre.

« Je ne suis pas marié, yeux bleus. Et avant que tu ne le demandes, je ne suis pas fiancé non plus. »

« Oh. » Elle leva les yeux et son expression était adorablement confuse.

Je rigolais et croisais mes mains sur la table pour éviter de la toucher. « Une future famille, Faith. »

Elle s'éclaircit à nouveau la gorge et essaya de paraître nonchalante quand elle demanda : « On dirait que tu as quelqu'un en tête, cependant. »

« Je le sais, » répondis-je honnêtement. « Elle ne sait juste pas encore ce que je ressens pour elle. Même si, si elle y réfléchissait vraiment, elle pourrait probablement le comprendre. » Mes yeux la transperçaient, voulant qu'elle comprenne mon allusion.

La peau de Faith rougit et elle baissa immédiatement la têtc ct fit semblant de regarder à nouveau les photos. Mais son sourire soulagé ne m'avait pas manqué et je dus me mordre la langue pour ne pas rire. Elle était tellement mignonne et j'adorais qu'elle soit si ouverte et honnête.

« C'est une grande maison », murmura-t-elle.

« Pour une grande famille », approuvai-je. « Je suis enfant unique et j'ai toujours su que je voulais que mes enfants grandissent avec beaucoup de frères et sœurs. Je ne veux pas d'une vie tranquille et organisée. Je veux beaucoup de rires, de désordre, de chaos et d'amour. »

Les yeux bleus profonds de Faith fondirent et elle soupira rêveusement. « C'est comme ça que j'ai grandi et si jamais j'ai des enfants, je veux qu'ils vivent la même expérience. »

« Tu en auras », déclarai-je. Plus tôt que tu ne le penses, yeux bleus.

Chapitre 5

Rush

J'ai souri chaleureusement à Faith alors qu'elle tirait une chaise et s'asseyait à la table à côté de la mienne. « Bonjour, yeux bleus. »

Elle rougit, comme elle le faisait toujours quand je l'appelais par ce surnom. « Tu te rends compte que le fait que nous nous croisions ici si régulièrement signifie probablement que nous avons un problème de caféine, n'est-ce pas ? » me taquina-t-elle.

Oh, j'étais là à cause d'une addiction, mais ce n'était pas de caféine que j'avais envie. Et il ne me restait qu'un mois avant de pouvoir enfin satisfaire cette envie. Ou du moins de la calmer. J'aurais toujours faim de Faith. Je n'en doutais pas.

« Certaines obsessions valent n'importe quel prix ou répercussion », répondis-je sans la moindre trace d'amusement.

Elle ouvrit la bouche, puis la referma, puis bégaya : « Je vais, euh, rencontrer ma sœur, Grace, mais je pensais lui dire un rapide bonjour. »

« Je suis contente que tu l'aies fait », répondis-je joyeusement.

« Comment va la maison ? »

« Vos suggestions ont été inestimables. Je pense que vous serez très satisfaite de la façon dont elle se présente. »

Elle se mordit la lèvre et détourna le regard pendant une seconde. Quand son regard revint vers moi, il y avait de l'espoir. « J'aimerais bien voir ça un jour. »

Avant que je puisse répondre, nous fûmes interrompus.

« Hé, Faith ! »

Un garçon, qui semblait avoir un an ou deux de moins que Faith, s'approcha de la table en souriant. Ses yeux contemplèrent ma fille avec appréciation. La rage remonta à la surface et je serrai la mâchoire tout en serrant mes doigts dans un poing si serré qu'il en saigna.

« Hé, Sailor », salua Faith avec un sourire. Il se pencha pour la prendre dans ses bras et elle leva les bras pour lui rendre son étreinte.

« Mains sur toi », grognai-je, incapable de rester assis et de ne rien faire.

Ils me regardèrent tous les deux avec surprise, le gamin – Sailor ? Sérieusement ? – commença à me rejeter, mais quelque chose dans mon expression le fit reconsidérer, et il avait l'air un peu nerveux. C'est vrai, connard. Éloigne-toi de ma fille.

Faith, cependant, n'avait pas l'air très contente de moi. Je haussai mentalement les épaules. Elle s'habituerait à ma possessivité et à ma jalousie – j'admettais pleinement que j'enviais tout ce qui la touchait en dehors de moi – parce qu'il était peu probable que cela s'atténue un jour.

« Eh bien, euh, c'était agréable de te voir, Faith. Je serai à la fête le mois prochain. On pourra peut-être en parler plus alors. » Il me lança un regard irrité mais s'éloigna de deux pas. Je souris d'un air suffisant. Continue d'avancer, connard.

« Bien sûr », répondit Faith en hochant la tête.

La sœur de Faith, Grace, et son mari, Hudson – c'était à leur mariage que j'avais vu ma fille pour la première fois – organisaient la fête des dix-huit ans de Faith chez eux. Comme le château n'était pas loin, j'allais y passer ce week-end pour être près d'elle.

« Cool. Je te verrai là-bas. »

Je serrai les dents tandis qu'il s'éloignait, irritée qu'il assiste à l'événement qui marquait le jour le plus important de ma vie alors que je ne pouvais pas. Qui diable était ce gamin invité à des réunions de famille, comme l'anniversaire de ma femme ? J'étais sérieusement tentée de le menacer de toutes sortes de souffrances s'il s'approchait à nouveau de ma fille.

« C'était impoli », s'exclama Faith en me lançant un regard noir.

J'envisageai de m'excuser, mais ce ne serait pas sincère. « Je n'aimais pas la façon dont il te regardait, yeux bleus », ai-je admis. « Et un garçon comme ça n'a aucune idée de comment traiter quelqu'un comme toi. » Ou la capacité de la satisfaire. Même si j'étais plus proche de son âge, j'avais toujours été au-dessus de la moyenne en ce qui concerne ma bite. Mais je ne disais pas tout ça à voix haute. «

Que veux-tu dire par comme moi ? » demanda-t-elle, son nez se plissant adorablement.

« Tu es spéciale, Faith. Belle à l'intérieur comme à l'extérieur. Mais surtout, tu es déjà une femme, et il est toujours un enfant hormonal qui ne serait intéressé que par le fait de mouiller sa bite avec toi. —

Euh... merci... je crois ? Elle passa une main dans ses cheveux roux foncés et les repoussa par-dessus son épaule. À la façon dont elle m'observait, elle semblait réfléchir à quelque chose. — Je suppose que tu sais comment traiter une femme ? demanda-t-elle, son ton hésitant comme si elle n'était pas sûre de vouloir connaître la réponse.

— Ma mère m'a élevée pour être polie et respecter toutes les femmes.

À en juger par sa réaction, ce n'était évidemment pas la réponse qu'elle recherchait. J'étais consciente de ce qu'elle voulait, mais je ne pensais pas devoir ouvrir cette boîte de désir particulière pour l'instant.

— Mais si je rencontrais quelqu'un comme toi (apparemment, ma bouche avait son propre esprit), je la revendiquerais et la ferais mienne de toutes les manières. Je vénérerais le sol sur lequel elle a marché et ferais tout ce que je peux pour la rendre heureuse.

Les lèvres de Faith se courbèrent et elle se fondit pratiquement dans son fauteuil.

J'aurais dû en rester là... mais ma bouche s'est remise à couler. « Et je m'assurerais qu'elle sache exactement à qui elle appartient en la marquant, à l'intérieur et à l'extérieur. » Ma mâchoire s'est durcie avant que je termine : « Je m'assurerais également que tous les autres fils de pute qui la regardent sachent qu'elle est à moi. Parce que je ne partage pas. »

Elle haussa un sourcil, mais ses yeux bleus brillaient de chaleur et de curiosité. Je souris presque quand elle se déplaça sur son siège, décroisant et recroisant ses jambes. Hmm, il semblait que ma possessivité excitait ma fille. Cela augurait certainement de bon pour nous.

« Eh bien, euh... »

« Faith ! » Je faillis frapper du poing sur la table de frustration quand nous fûmes à nouveau interrompus.

Mais ma colère s'estompa quand je repérai la sœur de Faith, Grace, lui faisant signe de la main alors qu'elle se dirigeait vers notre table. « Hudson m'a pratiquement mise dehors », dit-elle en levant les yeux au ciel, mais son sourire trahissait son vrai bonheur. « Il a dit que j'avais besoin de passer du temps entre filles. Désolée, je suis en retard. »

« Pas de problème », murmura Faith en se levant pour serrer sa sœur dans ses bras. « Je passais juste le temps en rendant visite à... »

« Tu es le pompier ! » interrompit Grace avec un grand sourire. « Je n'ai pas vraiment eu l'occasion de te remercier pour ton aide au mariage. » Je balayai sa gratitude d'un geste de la main

. « C'était mon travail. Mais je suis contente qu'il n'y ait pas eu d'incendie. » Plus qu'elle ne le savait, car cela aurait mis Faith en danger.

« Je suis Grace, la sœur de Faith », dit-elle en tendant la main.

« Rush », répondis-je en lui serrant la main. « Le pompier. »

Faith gloussa et mes lèvres se retroussèrent immédiatement en un sourire.

Le regard de Grace oscilla entre Faith et moi à plusieurs reprises, puis elle sourit malicieusement. « Tu sais, Faith ici présente aura dix-huit ans le mois prochain. Le cinquième. »

Je lui ai adressé le haussement de sourcil approprié comme pour dire : « Oh ? Je ne savais pas. »

Ses yeux se plissèrent un instant, et j'eus le sentiment qu'elle savait que je connaissais déjà la date de l'anniversaire de Faith. Mais elle ne creusa pas la question, et je dus me demander si j'avais une alliée dans la sœur de ma fille ? L'

expression de Grace se transforma en une vive excitation. « Tu devrais venir. Tu sais, en guise de remerciement. »

Faith inspira trop vite et s'étouffa, toussant et sifflant. « Je suis sûre que Rush a... de meilleures... choses à faire. »

« Je ne vois pas où j'aurais préféré être ce jour-là, » corrigeai-je.

« Fantastique ! » gazouilla Grace. « Donne-moi ton numéro et je t'enverrai les informations par SMS. » Son ton était sournois et confirmait ce que je soupçonnais. Grace me donnait l'opportunité dont j'avais besoin pour revendiquer Faith. Et il semblait qu'elle supposait que je savais déjà tout sur l'événement, ce qui était correct. Quand j'y pensais, cependant, je n'étais pas si choquée. J'avais entendu parler de son mari et de sa possessivité envers elle. Et elle était la fille de Jonah Carrington. Grace connaissait bien les gens de mon espèce parce qu'elle avait grandi parmi eux. Pas seulement son père, mais aussi ses oncles et même certains de ses cousins.

L'avoir à mes côtés serait extrêmement utile. Je lui ai donné mon numéro et elle l'a branché sur son téléphone. Mon alerte SMS a sonné, mais ensuite le portable de Faith a sonné, et j'ai souri, sachant que Grace avait également envoyé mes informations à Faith.

« Merci », dis-je, ravie de la tournure que prenait cette visite.

« Bien sûr ! Bon, on se voit plus tard. »

Faith fit un signe de la main et je relevai le menton en guise d'adieu. Tandis qu'elles se retournaient, Grace se pencha en arrière et murmura : « Tu ferais mieux de ne pas faire de mal à ma sœur, car il n'y a aucun endroit où tu puisses te cacher sans que mon père ne te trouve. Et tu peux être sûre que personne ne retrouvera jamais ton corps. » Elle n'attendit pas ma réaction avant de trotter pour rejoindre Faith.

Cela aurait été comique si ce n'était pas la vérité.

J'étais à quelques mètres du café quand mon téléphone a sonné. Une petite partie de moi espérait que Faith appelait, mais ce n'était pas un scénario réaliste, principalement parce qu'elle était actuellement occupée avec sa sœur.

Cependant, l'identifiant de l'appelant annonçait qu'il s'agissait de Cano, le PDG de l'une de mes fondations, Worlds Together. La vision de l'association était de stimuler l'économie en construisant des communautés et en fournissant des emplois dans le processus, ainsi qu'une formation continue.

« S'il vous plaît, dites-moi que vous m'appelez pour me dire que Baros a finalement fait marche arrière », ai-je grogné en mettant mes écouteurs et en répondant à l'appel. Dekel Baros possédait un gros morceau de terrain qui se divisait en plein milieu d'une zone que nous développions en Grèce. Nous nous battions depuis des mois avec ce connard pour qu'il vende. Mais c'était un fils de pute cupide et il voulait que nous payions au moins quatre fois la valeur du terrain. Et ce fils de pute menaçait de faire payer des frais aux gens pour traverser son terrain. Ces gens vivaient dans la pauvreté. Personne ne pouvait se permettre de travailler d'un côté et de vivre de l'autre, ou d'être obligé de traverser le terrain pour faire ses courses, etc. Nous devions donc soit construire à peu près le double de ce que nous avions prévu, soit faire partir Baros.

« Je voulais vous appeler et, je l'espère, vous donner des nouvelles avant que vous ne le voyiez aux informations », a répondu Cano, ignorant ma question.

— Les choses ont dégénéré avec Baros ? —

Baros est mort.

Je me suis figé, là, au milieu du trottoir, forçant les gens à me contourner, mais je ne l'ai même pas remarqué.

— S'il te plaît, dis-moi que tu n'as rien à voir avec ça, ai-je grogné à voix basse.

— Bien sûr que non. Même si je ne peux pas dire que ça ne m'ait jamais traversé l'esprit.

Je n'avais certainement aucune raison de le réprimander pour ça, car j'avais eu la même pensée à de nombreuses reprises.

— Que s'est-il passé ? —

Il y a eu un tremblement de terre à environ quatre miles d'ici. Cano a soupiré, l'air épuisé.

— Fils de pute, ai-je soufflé. À quel point ? —

C'était un tremblement de terre de magnitude 6,9. Nous avons quelques problèmes minimes ici, mais cela a gravement endommagé la ville. Notre plus gros problème est que cela a fait éclater les conduites d'eau et fissuré les fondations du siège. Un arbre mort sur la propriété de Baros a cassé ses racines et est tombé sur son toit. Ils ont exhumé son corps de sa chambre il y a une vingtaine de minutes. Trois de ses employés sont morts aussi, une jambe cassée et des côtes cassées entre autres. Un membre de notre équipe de construction est tombé lorsque le béton s'est fissuré, mais il s'est juste foulé la cheville. Pour autant que je sache, nous n'avons pas eu d'autres blessés ou morts.

— Merde. Je serai là dès que le jet sera prêt. —

Tu n'as pas à... —

Merde, Cano, grognai-je. Je serai là dès que je pourrai.

J'avais passé six mois dans cette zone lorsque nous avons commencé la construction du siège social. Il y avait beaucoup de villageois avec qui je restais en contact, et j'avais besoin de voir par moi-même que tout le monde allait bien et d'aider à gérer les conséquences.

Tournant les talons, j'ai composé le numéro de mon chauffeur et je suis retourné vers le café. Puis j'ai envoyé un SMS à ma pilote pour lui dire de préparer le jet.

Alors que je m'approchais de la porte vitrée, elle s'est ouverte et Faith et Grace sont sorties du magasin.

— Faith. Leurs têtes tournèrent dans ma direction, mais je n'avais d'yeux que pour ma fille. « J'ai besoin de te parler un instant. »

« Euh... » Elle avait l'air déconcertée, alors je lui attrapai le poignet et la conduisis à quelques mètres. Nous nous approchâmes du bâtiment pour ne pas bloquer la circulation piétonne.

« Je dois quitter la ville de manière inattendue. »

« Eh bien... euh, d'accord. »

Les coins de ma bouche se relevèrent à sa marche arrière rapide. Elle n'avait pas encore compris que rien dans ma vie n'était un secret pour elle. Mais je n'avais pas le temps d'aborder ce sujet.

« Il y a un problème avec l'une de mes fondations que je dois régler moi-même. Je ne voulais pas que tu penses que je ne me présentais pas pour un café pour une autre raison que la vérité. Et que tu saches que tu me manqueras tous les jours. »

Sa bouche forma un O, et ses yeux bleus s'illuminèrent de joie. « Moi aussi. »

« J'aimerais tellement pouvoir t'embrasser pour te dire au revoir », lui dis-je après avoir pris une inspiration saccadée. « Mais je sais qu'une fois que j'aurai commencé, je ne pourrai plus m'arrêter. »

Elle me regarda, stupéfaite, et je cédai à une tentation plus légère, effleurant le joli rougissement de sa joue.

« Sois sage. Ne laisse pas une petite merde mettre la main sur toi, et je te verrai pour ton anniversaire. »

Sa respiration devint saccadée, et ses seins rebondirent de manière séduisante, ce qui fit que ma bite me faisait mal d'être en elle. Le temps passé loin d'elle serait encore plus infernal que les dix derniers mois parce que je serais tellement loin d'elle.

« D'accord, » murmura-t-elle.

« Si tu as besoin de quoi que ce soit, Grace t'a donné mon numéro, non ? »

Faith hocha la tête, semblant toujours un peu étourdie.

« Les choses vont changer entre nous quand je rentrerai à la maison, yeux bleus, » la prévins-je. « Alors prépare-toi. »

« Changer ? Comment ? »

« Je n'ai pas le temps d'expliquer, bébé. » Une voiture noire élégante s'arrêta sur le trottoir et klaxonna. « Putain, je dois y aller. » Je l'embrassai une dernière fois sur la joue, puis reculai d'un pas, mais avant de pouvoir m'en empêcher, je me penchai et posai mes lèvres sur son oreille. « Ne pense même pas à aller chez le médecin pour prendre un contraceptif, Faith. Je vais te réclamer, ta petite chatte vierge et étroite et ton utérus fertile le jour où tu auras dix-huit ans. »

Quand je me reculai, elle était appuyée contre le mur comme si ses jambes ne pouvaient pas la soutenir. Son expression était un mélange de choc et de désir rageur. Je me torturais, alors je lui ai tapoté le cul sexy, puis je me suis retourné et me suis précipité vers la voiture.

Chapitre 6

Rush

Lorsque l'avion a atterri sur la petite piste d'atterrissage que nous avions construite juste à l'extérieur de la ville, j'ai allumé mon téléphone pour appeler Cano et lui faire savoir que j'étais arrivée, mais je n'avais aucun signal.

La porte du cockpit s'est ouverte et le copilote - qui se trouvait être le mari de la pilote, Dean - est sorti en fronçant les sourcils. « Vous devez repenser vos employés ici », a-t-il grommelé. « La piste était tellement couverte de débris que nous avons failli faire demi-tour. Nous l'aurions fait si nous n'avions pas manqué de carburant. »

Je fronçai les sourcils. Les gens que j'avais embauchés étaient fiables et ravis d'avoir un emploi, donc cette nouvelle me fit un nœud au ventre.

« Tu as du réseau ? » demanda soudain Dean, en brandissant son téléphone.

« Non. »

Ginger, sa femme et le pilote le suivirent hors du cockpit. « Moi non plus. Et pas d'internet. Tu n'as pas installé le Wi-Fi au bureau ? »

« Ouais », approuvai-je d'un air sombre. « Allons-y et voyons ce qui se passe. »

Il était plus facile de se déplacer seul ici, alors j'avais quelques véhicules garés dans l'un des deux hangars. Nous sautâmes tous dans la Jeep et je me dirigeai vers la route.

« Putain », souffla Dean quand nous atteignîmes le chemin boueux qui était autrefois une route pavée.

Le petit aéroport que nous avions construit était entouré de champs vides, donc il n'y avait pas grand-chose à voir. Mais la route ayant disparu, mon regard balaya tout autour de moi, à la recherche de tout ce qui n'était pas comme il se devait. Il y avait beaucoup plus de boue que d'habitude et beaucoup de débris éparpillés, même si je ne savais pas de quoi ils étaient faits.

J'étais certainement reconnaissant d'avoir eu le bon sens d'acheter un véhicule capable de gérer un terrain comme celui-ci. J'ai appuyé sur l'accélérateur et j'ai commencé à marcher vers la ville. À mesure que nous approchions de la ville, le sol était de moins en moins visible à travers tous les décombres. Au moment où nous sommes arrivés, la Jeep était tellement recouverte de boue que je pouvais à peine voir à travers les fenêtres. Mais la vue était suffisante pour voir la destruction partout où nous regardions.

Lorsque nous sommes arrivés au siège local de WT, je ne pouvais rien faire d'autre que de m'asseoir et de regarder. Toutes les fenêtres et les portes avaient explosé et tout le bâtiment était penché vers l'arrière comme si quelque chose l'avait percuté. Je ne pouvais pas croire que Cano avait minimisé les dégâts causés par le tremblement de terre.

Il y avait une tonne d'inondations tout autour de nous. Les quelques bâtiments encore debout – la plupart construits en béton fortement renforcé – ressemblaient beaucoup au bâtiment de bureaux de WT.

Il y avait un silence étrange, et il semblait n'y avoir personne autour.

Un coup à ma fenêtre nous a fait sursauter tous les trois, mais lorsque la porte s'est ouverte brusquement, j'ai été soulagé de voir Cano debout là. Son visage était ridé par le stress, son expression sombre, et il avait un bras en écharpe.

« Que s'est-il passé, Cano ? » ai-je demandé en sautant de la voiture et en le regardant. C'est alors que j'ai vu l'attelle sur sa jambe, de la hanche à la cheville. « Est-ce que ça va ? »

J'ai senti une succion me retenir lorsque j'ai essayé de m'approcher, et j'ai réalisé que le sol sous les débris n'était pas solide, et que je m'enfonçais dans la boue.

« Nous avons installé un abri temporaire là-bas », a dit Cano d'une voix rauque, en désignant ce qui était autrefois la vaste cour du manoir de Baro. « C'est le terrain le plus élevé. »

« Attention à la boue », ai-je averti Dean et Ginger alors qu'ils sortaient du véhicule, puis j'ai travaillé mes pieds et suivi Cano alors qu'il boitait dans la direction indiquée.

« Il y a eu un autre tremblement de terre quelques heures après votre départ. Dix minutes plus tard, la première vague a frappé. »

« Oh mon Dieu », a haleté Ginger. « Un tsunami ? »

Cano a hoché la tête. « Le premier a été le pire. J'étais au dernier étage du bâtiment Worlds Together et j'ai vu la vague juste avant qu'elle ne frappe. Elle devait mesurer au moins trois mètres de haut. Tout le bâtiment a tremblé et a basculé sur les fondations. Les deux autres étaient plus petites, mais la première avait fait tellement de dégâts que les deux suivantes ont anéanti une grande partie de ce qui restait. Je descendais les escaliers en courant lorsque la deuxième a frappé et a été emportée hors du bâtiment, ce qui s'est avéré être une bonne chose puisque l'eau a repoussé la structure à cet angle bizarre. Je ne peux pas imaginer que cela va durer beaucoup plus longtemps. »

« Attends. » Je l'ai arrêté en posant une main sur son bras. « Tu as été emporté hors du bâtiment par la vague ? Comment as-tu survécu ? »

Nous avons atteint une série de tentes et Cano a pointé son bras en boitant vers la plus proche. « Quand la vague s'est retirée, elle m'a ramené directement au bâtiment, mais j'ai eu de la chance d'être loin des fenêtres et des portes. Elle m'a quand même frappé violemment contre le mur. Je me suis cassé le bras et quelques côtes. Je suis presque sûr que ma jambe est fracturée. »

« Putain, Cano », ai-je râlé, la gorge serrée par l'émotion. Je ne voulais pas poser la question suivante, mais j'avais besoin de savoir. « Combien ? Combien de survivants ? »

Cano s'est arrêté pour prendre une profonde inspiration et j'ai ignoré sa faible protestation lorsque je l'ai pris dans mes bras et porté jusqu'à la fin du chemin, en le déposant sur une couverture. « Je ne sais pas encore. Je voulais être dehors pour aider aux recherches, mais mes blessures ont rendu les choses plus difficiles, car il y avait toujours quelqu'un qui s'occupait de moi. »

« Ils sont en train de chercher ? » demanda Dean en regardant autour de lui. « Où ? »

Les tentes étaient pleines de monde, mais seule une poignée se déplaçait tandis que les autres étaient allongés sur des lits similaires à celui de Cano.

« Certains cherchent encore ici. Ils ne sont tout simplement pas au centre de la ville où nous sommes. Les autres sont près de la périphérie de la ville, surveillant les villages les plus proches des vagues. »

« Les vagues ont-elles détruit la tour de téléphonie mobile ? » demanda Ginger, son ton inquiet alors qu'elle fixait une tente bleue. Un petit corps reposait sur une table, et quand il bougea, sa poitrine se souleva avec une profonde inspiration. Dean et Ginger avaient deux tout-petits, donc je ne pouvais qu'imaginer que ce n'était pas facile pour elle de voir des enfants en danger ou blessés comme ça.

« Ouais. Mais quelques gars sont arrivés il y a quelques heures pour nous faire savoir que l'aide était en route. Puis ils ont rejoint les recherches. »

« Est-ce que tu vas bien ici ? » Je ne voulais pas quitter Cano, mais je ne pouvais pas rester assise alors que tant de personnes avaient besoin d'aide.

Il m'a dit de partir et Ginger a proposé de rester. Elle avait une formation médicale, ce qui m'a aidé à avoir l'esprit tranquille. Dean a proposé de m'accompagner et nous sommes partis voir où nous pouvions aider.

Ma formation de pompier était extrêmement utile pour sauver des gens des bâtiments ou des décombres. Mais nous avons également rencontré quelques incendies qui s'étaient déclarés après la tempête.

Lorsque je me suis finalement effondré cette nuit-là, j'étais plus que fatigué et épuisé émotionnellement. Tout ce que je voulais, c'était voir Faith, mais je n'avais aucune capacité pour y parvenir, alors je lui ai souhaité une bonne nuit et je me suis endormi épuisé.

Il a fallu tout le mois pour arriver au point où nous pouvions même envisager de commencer à reconstruire la ville et les villages environnants. Il y avait eu plus de survivants que je ne l'aurais cru, mais les pertes m'ont simplement motivé, me rendant plus déterminé non seulement à ramener cet endroit à la normale, mais aussi à le rendre plus sûr.

Au début, nous pensions qu'acquérir les terres de Baro serait beaucoup plus facile maintenant. Malheureusement, il a été bloqué dans sa succession et gelé avec ses autres biens quand il est apparu qu'il était impliqué dans de nombreuses activités criminelles. Nous n'avions pas encore réussi à faire venir quelqu'un pour restaurer la tour de téléphonie mobile, alors nous avons envoyé un messager dans la ville la plus proche pour appeler mon avocat, Ian.

Il ne pouvait pas arriver en Grèce avant le 7, ce qui signifiait que je manquais l'anniversaire de Faith. J'ai fait de mon mieux pour ne pas être de mauvaise humeur ce jour-là, mais Cano a fini par me bannir pour que je fasse quelque chose par moi-même afin que j'arrête d'agir comme un parfait connard. Au final, j'étais reconnaissant parce que j'avais passé mon temps à alterner entre la rage et l'apitoiement sur mon sort. Le fait que je rêvais encore de ma copine toutes les nuits et que je me réveillais seul au lit n'avait pas aidé. Il m'a fallu un certain temps pour arrêter de ruminer et me comporter comme un être humain décent.

J'avais donné le numéro de téléphone de Faith au messager et j'avais écrit un message pour qu'il lui l'envoie par e-mail. Mais je n'avais aucun moyen de vérifier si elle répondait à moins que je ne fasse le voyage jusqu'à la ville moi-même, et j'avais peur de partir tout de suite. Les autorités essayaient de saisir les terres de Baro, et la seule personne dont elles avaient peur, c'était moi. Mais pas assez pour reculer et abandonner leur revendication sur la terre afin que nous puissions l'acheter.

Après l'arrivée d'Ian, je lui ai expliqué chaque étape du processus, en commençant par le moment où nous avons contacté Baro pour la première fois. Il a fallu deux jours supplémentaires avant que je sente que Cano et Ian pouvaient gérer les choses sans moi.

J'avais renvoyé Dean et Ginger chez eux avec leurs enfants quelques jours après notre arrivée, mais c'étaient eux qui avaient fait venir Ian par avion. Ils avaient donc attendu pour me ramener chez moi.

Une fois dans l'avion, l'impatience a commencé à monter et j'ai imaginé mille scénarios pour le moment où je verrais enfin Faith. Ils finirent tous avec elle à plat sur le dos, les jambes en l'air, et ma longue et grosse bite la remplissant de tellement de crème qu'elle était sûre de tomber enceinte.

« C'est ça, yeux bleus », gémis-je en poussant dans son canal douillet. « Prends tout. Bonne fille. »

Sa chatte serrait ma bite si fort qu'il aurait été difficile de la retirer si elle n'avait pas été trempée.

« Rush », gémit-elle.

« Oui, bébé. Dis mon nom », grognai-je en commençant un rythme régulier, entrant et sortant, appréciant le glissement de ma bite le long de ses parois intérieures.

« Oh, Rush. »

Bon sang, ça m'excitait quand elle prononçait mon nom comme ça. J'accélérai jusqu'à ce que je lui martèle la chatte et que je claque le lit contre le mur.

« Redis mon nom », exigeai-je.

Dépêche-toi, oh oui ! —

Maintenant, crie-le, grognai-je en plongeant aussi profondément que possible et en pinçant son clitoris, déclenchant un orgasme explosif en nous deux.

— Putain ! Mes yeux s'ouvrirent brusquement et je jetai un regard frénétique autour de moi. L'avion. Je m'étais endormi.

Mon regard tomba sur mon pantalon mouillé et collant et je gémis. — Fils de pute. Heureusement, il y avait une chambre dans l'avion avec une douche qui était approvisionnée avec mes vêtements et mes produits de toilette.

Après avoir nettoyé, je vérifiai l'heure et fus soulagée de voir que nous allions atterrir dans moins d'une heure. Mon corps s'échauffa, désirant davantage Faith à chaque minute qui me rapprochait d'elle.

Ce soir, je n'aurais pas à en rêver. Ce serait réel.

Mieux vaut être prête, yeux bleus. Tu es à moi.

Chapitre 7

Dépêche-toi

Mon chauffeur m'attendait quand je descendis les marches de l'avion. J'ai remercié Dean et Ginger, puis j'ai couru jusqu'à la voiture et je suis montée dedans. Pour la première fois depuis plus d'un mois, j'ai pris mon téléphone pour vérifier mes messages. Finalement, ne pas avoir de réseau cellulaire faisait partie du paysage. Cela ne me dérangeait surtout que lorsque Faith me manquait tellement que ça me faisait mal.

Mais une fois de retour dans ma voiture, fonçant vers Manhattan, mes habitudes naturelles revenaient déjà. J'avais chargé mon téléphone dans l'avion mais je ne l'avais pas allumé. En maintenant le bouton enfoncé, j'ai vu l'appareil s'allumer. Avant que je puisse faire quoi que ce soit d'autre, mes notifications de SMS et d'appels ont explosé, bombardant l'écran. Au moment où cela a été fait, la petite notification rouge indiquait que j'avais plus de cent cinquante messages et plus de trente appels téléphoniques manqués.

Je les ai tous parcourus à la recherche d'un nom sans vraiment voir quels étaient les autres. Mais Faith n'était pas dans le coup. En soupirant, je suis retourné au plus ancien et j'ai commencé à avancer.

Mes parents, Noah et Caffery m'avaient appelé plusieurs fois avant que je puisse leur faire part de ma situation. La plupart de ces appels étaient professionnels. Je n'en reconnaissais pas certains, mais les cinq appels reçus le 4 et le 5 du mois avaient retenu toute mon attention. Ils venaient de Grace. Elle avait laissé un message la première fois et un autre la deuxième fois, qui était arrivé le lendemain, mais pas après les autres.

J'étais soudain terrifiée à l'idée qu'il soit arrivé quelque chose à Faith, alors j'ai immédiatement composé son numéro, mais j'ai été directement redirigée vers la messagerie vocale. Puis j'ai réessayé avec le même résultat et j'ai grogné de frustration. Pendant que je composais mes messages vocaux, j'ai ouvert mon application de messagerie et j'ai vu un groupe similaire à celui des appels téléphoniques. Mais juste au moment où la messagerie vocale de Grace a commencé, j'ai repéré son nom dans mes SMS. J'en avais plus d'une douzaine d'elle.

« Hé, Rush, je voulais juste te rappeler de la fête de demain. Ne gâche pas cette occasion en or que je t'ai donnée, petit feu. S'il te plaît, fais-moi savoir si tu viens toujours. » Elle a ensuite répété l'heure et le lieu avant de raccrocher.

« Rush, je te jure que si tu ne te montres pas dans les deux prochaines heures, je vais te déverser mon mari et mon père dessus. Je suis déçu. Je ne te prenais pas pour le genre de gars qui poserait un lapin à une fille. Surtout à une fille aussi incroyable que ma sœur. »

J'étais bouche bée lorsque l'appel s'est terminé, et la panique s'est emparée de ma gorge. Elle pensait que j'avais posé un lapin à Grace ? C'est quoi ce bordel ?

J'ai ouvert les messages, et encore une fois, le premier a commencé par un rappel des détails de la fête. Ensuite, à partir de là, ils étaient de plus en plus contrariés jusqu'à ce qu'enfin, elle m'en veuille pour avoir gâché l'anniversaire de sa sœur et lui avoir brisé le cœur.

J'ai réessayé Grace, et comme elle ne répondait pas, j'ai appelé Faith, qui n'a pas décroché non plus. Pourquoi diable ne répondaient-ils pas ? Et qu'est-il arrivé au message que j'avais envoyé à Faith ?

Le messager n'avait pas pu utiliser mon véritable e-mail sans donner mon mot de passe à la fille. Je lui avais donc donné des instructions sur la façon de créer un nouveau compte et de l'envoyer à partir de là. J'ai ouvert la boîte de réception avec la confirmation que le messager m'avait envoyée et j'ai entré le mot de passe. L'e-mail destiné à Faith était dans ma boîte d'envoi, mais il n'y avait pas d'accusé de réception. Cependant, son père lui avait probablement appris à désactiver cette fonction.

J'ai cliqué dessus et j'ai grogné. Si ce gamin n'était pas encore en Grèce, je lui aurais tordu le cou. Il avait envoyé l'e-mail en grec. Il n'était même pas de Grèce. Il était d'Espagne et travaillait avec l'une des organisations humanitaires. Bien qu'il parle correctement la langue, ses compétences rédactionnelles étaient clairement insuffisantes.

Le pire, ce n'était pas qu'il l'ait envoyé en grec. Il avait également paraphrasé ce que j'avais écrit, et ça ne se traduisait pas bien. Surtout si vous utilisiez l'un de ces programmes en ligne.

Pourtant, le message aurait dû être assez clair. Tandis que je réfléchissais, mes yeux parcoururent l'écran jusqu'à ce que je jette un nouveau coup d'œil au nom de l'e-mail et me fige.

Pour l'amour de Dieu.

Je lui avais expliqué comment usurper l'e-mail pour qu'il semble provenir de celui que j'utilisais habituellement. Je lui avais également donné le nom de l'e-mail que je voulais qu'il utilise. Il avait non seulement mal orthographié mon nom (à quel point était-il difficile de se souvenir de RUSH ?), mais il avait aussi foiré la redirection, de sorte que le message provenait du nouveau courrier électronique. Ce qui signifiait qu'il était probable que le message soit allé dans les spams, ou qu'elle l'ait marqué comme indésirable et ne l'ait pas lu.

J'ai claqué ma main sur le siège et j'ai maudit l'univers d'être si chiant. Mon esprit tournait autour de ce que je devais faire ensuite et comment trouver ma fille. C'est à ce moment-là que je me suis souvenu. Aujourd'hui était son dernier jour d'examens avant la remise des diplômes. J'ai jeté un œil à ma montre et j'ai marmonné des excuses à l'univers. Le timing ne pouvait pas être plus parfait, alors j'ai appuyé sur le bouton de l'interphone pour parler à mon chauffeur et lui ai donné l'adresse de l'école de Faith. J'ai passé le reste du temps à passer d'autres appels téléphoniques pour mettre en place le plan qui se formait rapidement dans mon esprit.

Lorsque nous nous sommes arrêtés devant l'école, je suis sorti de la voiture et je me suis adossé contre elle pour l'attendre. Il ne fallut pas longtemps avant que les élèves ne commencent à sortir. Finalement, j'ai repéré Olive poussant les portes. Sachant que Faith était probablement juste derrière elle, je me suis mis au garde-à-vous alors que l'anticipation de voir ma fille après si longtemps vibrait pratiquement en moi.

Mon regard était rivé sur l'entrée de l'école, mais j'ai senti un picotement dans la nuque comme si quelqu'un me regardait. Détournant mes yeux pendant un instant, j'ai rencontré le regard accusateur de la meilleure amie de Faith. Puis elle s'est retournée et a dit quelque chose alors que la porte s'ouvrait à nouveau, et ma fille est sortie au soleil.

La tête de Faith s'est levée brusquement et elle a scanné la zone jusqu'à ce qu'elle me voie. Même si je m'attendais à ce qu'elle soit réticente au début, je détestais quand même qu'elle fronce les sourcils. Ses lèvres se pincèrent de colère, mais la douleur que je voyais nager dans ses yeux bleus me serra le cœur.

Elle fit un pas vers moi mais s'arrêta quand Olive lui attrapa le bras et dit quelque chose. Faith secoua la tête, et quand Olive la relâcha, elle marcha vers moi avec un regard déterminé.

Quand elle s'arrêta juste devant moi, je lui adressai un sourire en coin et lui dis : « Joyeux anniversaire, yeux bleus. »

Ce n'était pas la bonne chose à dire. Au début, elle s'adoucit, mais ensuite sa posture devint rigide. Elle croisa les bras sur sa poitrine, soulevant ses seins et me distrayant momentanément. Mais elle regagna mon attention quand elle dit sèchement : « Mon anniversaire était il y a presque une semaine, M. Baldwyne. De toute évidence, vous avez oublié. Je suppose que j'ai mal interprété ce que vous avez dit juste avant de partir. » La douleur transparaissait dans son ton à la fin, et j'avais tellement envie de la prendre dans mes bras, mais j'avais des explications à donner d'abord.

— Je n'ai pas oublié, ma puce,

grogna Olive, me faisant réaliser qu'elle s'était approchée de nous et s'était postée juste derrière Faith. — Ne la materne pas, espèce de gros con. Pas après l'avoir cassée... Olive se plaqua une main sur la bouche et Faith devint cramoisie, comme si elle souhaitait que le sol s'ouvre et l'engloutisse tout entière.

— Je m'en charge, Olive, soupira-t-elle. Je te verrai demain pour un café. —

Je n'y compterais pas, marmonnai-je.

Faith haussa un sourcil. — Pardon ?

— Peu importe.

Olive commença à dire autre chose et ma patience atteignit ses limites. J'ouvris la portière de ma Town Car et grogna : — Monte. Faith ouvrit la bouche et je sus qu'elle allait objecter. — Il faut qu'on parle. En privé. Monte dans la voiture, Faith. —

Je ne pense pas... hé ! Sa voix grinça quand je la pris dans mes bras et me penchai pour la poser sur le siège.

« Ce que tu penses est mal, et si j'ai besoin de kidnapper ton cul sexy pour te remettre dans le droit chemin, alors c'est ce que je ferai. » Je me levai et fermai la porte, la bloquant pour qu'elle ne puisse pas sortir. La voiture n'avait pas de sortie du côté opposé.

Jetant un regard intense à Olive, je déclarai sans détour : « J'ai une très bonne raison de ne pas être à son anniversaire comme je l'avais promis. Mais elle mérite de l'entendre en premier. » Fouillant dans ma poche, j'en sortis une petite boîte bleue œuf de rouge-gorge. « Je l'aime. Et je ne laisserai rien se mettre entre nous. Alors n'hésite pas à courir voir Jonah, la police ou qui tu veux, mais ne t'attends pas à ce qu'ils la trouvent sans une bague au doigt et mon nom de famille. Est-ce clair ? »

Olive m'a étudié un moment avant d'acquiescer. « Je veux avoir de ses nouvelles pour savoir si elle va bien. Mais mec, si elle n'est pas ta femme la prochaine fois que je la vois, tu souhaiteras que ce soit Jonah qui vienne te chercher. Contrairement à lui, je n'ai pas de couilles et donc aucune empathie pour ce que ça ferait de les voir coupées et enfoncées dans mon cul. »

Je ne pouvais pas m'empêcher de sourire et de secouer la tête. « Tu sais quoi, Olive ? Je te crois. » Il y avait quelque chose chez elle qui me disait qu'elle ne bluffait pas. « Et merci d'avoir pris soin de ma fille jusqu'à ce que ce soit mon tour. »

Son expression s'adoucit un peu, mais c'était suffisant pour savoir que je finirais par la conquérir, tant que je rendais Faith heureuse.

Je décidai de lui tendre une autre branche d'olivier - sans jeu de mots - et de lui accorder ma confiance. « Nous partons pour Paris. Je t'enverrai le numéro par SMS et je demanderai à Faith de t'appeler dès que nous serons installés. »

« Merci. » Elle m'adressa un doux sourire et se retourna, s'éloignant sans un regard en arrière.

Prenant juste un moment pour me ressaisir, j'inspirai profondément et la laissai sortir, puis j'ouvris la porte.

Chapitre 8

Rush

Je me glissai sur la banquette et fermai la porte, puis décrochai le téléphone qui avait contacté mon chauffeur pour lui dire de nous emmener à l'aéroport privé où je venais d'atterrir quelques heures auparavant. Je pris soin de garder ma voix basse pour ne pas que Faith se batte contre moi à propos de l'endroit où nous allions avant de pouvoir lui dire ce qui s'était passé pendant mon absence.

Après avoir envoyé un SMS à Lake, le pilote que j'utilisais quand Ginger et Dean n'étaient pas disponibles, je pivotai pour voir que Faith s'était déplacée vers le siège qui longeait le côté de la limousine. Elle était furieuse. Ses bras étaient croisés, sa peau rougie et son souffle furieux me fit penser à la façon dont elle sonnerait quand elle se donnerait à fond en chevauchant ma bite.

En me léchant les lèvres, je détournai mon regard et essayai de calmer le raz-de-marée du désir qui essayait de m'entraîner sous l'eau. Ma bite était pleine et lourde, elle avait envie de se libérer. Recule, bordel, lui ai-je grogné dans ma tête. Après une autre inspiration et une expiration lentes, je me suis senti suffisamment en contrôle pour retourner à ma conversation avec Faith.

J'ai ouvert la bouche pour commencer à parler, mais j'ai constaté que je ne pouvais pas gérer la distance. Sans prévenir, je l'ai attrapée par la taille et je l'ai tirée sur mes genoux.

« Hé ! » Elle s'est tortillée et j'ai sifflé alors que son cul délicieux se frottait au-dessus de mon érection.

« Reste tranquille, ou je t'attache », ai-je rauquement en arrêtant ses mouvements en serrant ses hanches si fort qu'elle aurait probablement des bleus le matin. Et il y en aurait quelques autres à force de la tenir pendant que je baisais sa jeune chatte intacte ce soir. Savoir qu'elle était fertile et prête à accepter ma semence rendait encore plus difficile de garder la tête froide.

Faith haleta mais ne résista pas à mon emprise. « Que pourrais-tu bien dire qui expliquerait pourquoi tu as disparu et que tu n'as pas pris la peine de me recontacter avant aujourd'hui ? »

« Si tu fermes cette jolie petite bouche et que tu écoutes, je t'expliquerai. »

Elle me regarda fixement mais pressa ses lèvres l'une contre l'autre, indiquant qu'elle faisait ce que je lui demandais.

« Connais-tu Worlds Together ? » demandai-je.

Elle hocha la tête.

« Sais-tu que c'est l'une de mes fondations caritatives ? » Les joues de Faith devinrent roses et je ne pus m'empêcher de sourire. « Tu m'as un peu fouillé, hein ? »

« J'étais juste curieuse », marmonna-t-elle, ses lèvres charnues formant une jolie moue.

J'ai mis l'exploration de ces informations sur ma liste de choses à faire pour plus tard, comme après avoir épuisé toutes les réserves de tension et de désir sexuels des onze derniers mois.

« Nous construisons des communautés partout dans le monde, et en ce moment, nous avons un énorme projet en Grèce. C'est une petite ville, entourée de villages encore plus petits, juste sur la côte. »

Faith haleta. « Ils ont été touchés par le tremblement de terre ? »

« Ils étaient à seulement quelques kilomètres de l'épicentre. Il y a eu des dégâts importants, et c'est l'appel que j'ai reçu juste avant de te dire que je partais. »

Ses lèvres formèrent un petit O, et une partie de la colère s'échappa alors que je réalisais. « Étais-tu là quand le tsunami a frappé ? » Elle semblait absolument terrifiée par cette perspective, et même si cela me faisait plaisir de savoir qu'elle se souciait de moi, je n'aimais pas la voir effrayée.

Je glissai mes bras autour d'elle et la serrai contre moi. Elle était minuscule, surtout comparée à moi, mais d'une manière ou d'une autre, elle avait trouvé un sillon dans lequel elle s'intégrait comme si cela avait été fait pour elle.

« Je suis arrivée quelques heures après la dernière vague. »

Je continuai à lui raconter l'expérience, et à ma grande surprise, elle s'est déversée comme si un barrage avait cédé. Je n'avais pas eu l'intention de lui donner plus qu'un bref aperçu, mais je ne pouvais pas arrêter le flot de mots qui sortait de ma bouche.

Finalement, j'ai réalisé que j'avais besoin de tout dire, et Faith m'a donné envie de le faire. Elle était mon refuge, tout comme j'étais le sien, même si elle ne le savait pas encore.

« Alors, quand j'ai atterri à New York et que j'ai vu tous les messages et les messages vocaux de Grace, j'ai reconstitué ce qui s'était passé. Je suis vraiment désolé, Faith. Tu n'as aucune idée à quel point c'était dur de rater ton grand jour. » Je me suis penché en arrière et j'ai pris son menton entre mes doigts, inclinant sa tête en arrière pour pouvoir voir son visage. « Tu peux demander à Cano. J'étais un fils de pute grincheux toute la journée. Il a dû me bannir dans un travail qui ne nécessitait pas de travailler avec les autres. »

La bouche de Faith s'est légèrement courbée, et ses yeux étaient plus brillants qu'ils ne l'avaient été la dernière fois que je les avais regardés.

Mon contrôle s'est déchiré petit à petit, et un fil s'est soudainement cassé. La tentation de remplir ces flaques bleues de plus de chaleur et de sentir ses lèvres moelleuses glisser contre les miennes était trop forte. En soulevant son visage tout en tenant son menton, j'ai baissé ma bouche pour couvrir la sienne.

Elle avait le goût de la noix de coco et du citron vert, et cela m'a rendu affamé, désespéré de profiter autant que possible de sa saveur. Et de savoir si elle avait le même goût partout.

Mes mains avaient leur propre esprit, et elles l'ont rapidement déplacée pour qu'elle soit à califourchon sur mes genoux avant de lui caresser les fesses. L'irritation a augmenté à l'idée qu'il serait facile pour n'importe quel connard de relever cette jupe ridicule et d'avoir un aperçu de ce qui était à moi. Mais je me suis consolé avec le fait qu'elle portait une culotte, et qu'à partir de maintenant, personne d'autre ne la verrait jamais dans cette petite tenue coquine à part moi.

Des images de relever sa jupe pour trouver son cul nu suppliant d'être fessé pendant que je remplissais sa chatte d'adolescente de vingt-cinq centimètres de bite chaude et dure ont bombardé mon esprit. J'ai dû m'arrêter. J'étais à quelques secondes de lui arracher ses sous-vêtements et de prendre sa cerise juste là, dans la voiture. Cela a fait resurgir en moi le souvenir de mes rêves où je baisais dans la voiture alors qu'elle était enceinte et ruisselante de lait.

Merde. Merde. Putain de merde.

Toute mon énergie a été consacrée à mettre fin à ce baiser spectaculaire. Notre premier. Nous avions tous les deux du mal à aspirer de l'oxygène, nos poitrines se soulevant sous l'effort. Mais au bout d'une minute, mon pouls s'est stabilisé et j'ai pu penser un peu plus clairement.

« Me pardonneras-tu, yeux bleus ? » demandai-je doucement. « Parce que si tu ne le fais pas, ton cadeau d'anniversaire sera très gênant. »

Elle fit semblant de réfléchir à sa réponse et je lui donnai une rapide tape sur les fesses, la faisant crier de surprise. « Tu m'as donné une fessée ! »

« Ouais. » La chaleur qui avait brillé dans ses yeux m'a fait sourire. « Est-ce que ça t'a excité, bébé ? »

« Euh... » Ses joues se sont couvertes de cernes cramoisis et ses yeux se sont détournés pendant une seconde. « Qu'est-ce que tu voulais dire par gênant ? »

J'ai envisagé de la forcer à admettre que la fessée l'avait excitée, mais nous pourrions en parler la prochaine fois qu'elle se mériterait un cul rouge.

Comme nous étions arrivés sur le tarmac et que mon jet était plein et prêt à partir, j'ai attendu pour répondre jusqu'à ce que j'ouvre la porte et que je sorte. Lui offrant ma main, je lui ai adressé un sourire enfantin et je lui ai parlé en l'aidant à sortir du véhicule. « Si tu ne me pardonnes pas, le vol pour Paris ne sera pas aussi amusant. »

« Paris ? » répéta Faith en regardant autour d'elle et en observant notre environnement. Un magnifique sourire illumina son visage lorsqu'elle aperçut l'avion. « Tu m'emmènes à Paris ? »

« Pas seulement à Paris », dis-je avec un sourire. « Dans un endroit très spécial à Paris. »

« Où ? »

« Non, ma fille qui fête son anniversaire. Tu devras attendre que je sois prête à te donner ce cadeau. » Je me suis penché une fois de plus et j'ai tendu la main vers la voiture pour attraper son sac à dos. Je l'ai remis à mon chauffeur et je l'ai remercié d'avoir été patient avec moi aujourd'hui, puis j'ai lié mes mains à celles de Faith et je l'ai guidée jusqu'à mon jet privé.

Lorsque nous avons atteint les escaliers, elle m'a jeté un coup d'œil, puis a levé les yeux vers la porte de la cabine. Après quelques battements, elle inspira profondément en montant les marches et en entrant dans l'avion.

Je n'étais qu'à quelques secondes derrière et je rigolai quand je vis qu'elle avait déjà pris possession d'un des sièges moelleux et s'y était blottie. « Mets-toi à l'aise, yeux bleus. »

Elle me lança un sourire effronté et enleva ses chaussures avant de replier ses jambes sous elle. « Terminé. »

Un autre rire résonna dans ma poitrine. « Presque. » Il y avait un placard à ma gauche, près de l'entrée de la cuisine, et je l'ouvris pour récupérer une couverture douce et moelleuse. Elle fredonna joyeusement quand je l'étalai sur ses jambes.

Putain de merde. Ce son alla directement à ma bite, et bien que j'étais dur depuis le moment où je l'avais vue plus tôt, il gonfla encore plus, devenant quelque peu douloureux. Je me raclai la gorge et essayai de penser à autre chose qu'aux sons qu'elle ferait quand je la ferais jouir.

« Je vais jeter nos affaires dans la chambre, puis je te rejoindrai. Nous décollerons dans quelques minutes. »

Je me dirigeai vers l'arrière de l'avion et pénétrai dans la chambre où je déposai son sac à dos sur le lit. Comme j'avais déjà prévu d'emmener Faith à Paris – même si je ne m'attendais pas à partir aussi vite – mes bagages étaient déjà prêts et à bord. Pas que j'aie besoin de grand-chose. L'appartement à Paris était approvisionné, nous pouvions donc nous y rendre à tout moment et avoir tout ce dont nous avions besoin.

Je sortis le téléphone portable de Faith de la poche dans laquelle je l'avais souvent vue le cacher et j'ai failli le prendre avec moi quand je suis retournée en cabine. Mais pour l'instant, je voulais qu'elle se concentre sur nous et qu'aucune force extérieure ne vienne me gêner.

Son téléphone était bien protégé grâce à son père, mais elle l'avait posé sur notre table au café, déverrouillé à plusieurs reprises. Au cours d'un de ces incidents, je l'ai occupée à parler pendant que je le clonais. Ce qui signifiait que je connaissais son mot de passe et que je pouvais déverrouiller l'appareil. J'envoyai un SMS rapide à Olive avec les informations que je lui avais promis de lui donner, puis j'étais sur le point de l'éteindre lorsqu'une autre idée, légèrement sournoise, me vint à l'esprit. Je n'avais pas précisé à Olive dans le message que c'était moi, plutôt que Faith, qui l'envoyais.

Faith : Si mes parents te le demandaient, leur dirais-tu que je reste avec toi quelques jours ? SHF et moi avons besoin de passer du temps seuls sans interruption.

Je n'avais jamais eu l'intention de cacher mes intentions à Faith une fois qu'elle aurait dix-huit ans. Me cacher n'était pas mon style, et je voulais que le monde sache qu'elle était à moi. Cependant, son père serait un problème majeur s'il pensait qu'elle avait disparu ou soupçonnait que je l'avais emmenée contre son gré. J'ai donc pensé qu'il valait mieux les reporter de quelques jours jusqu'à ce que Faith soit sur le point d'être amoureuse de moi et de porter ma bague. Et, espérons-le, enceinte.

Olive : Si c'est vraiment ce que tu veux, tu sais que je le ferai.

Faith : C'est le cas.

Olive : Dois-je deviner à quoi tu vas utiliser ton « temps sans interruption » ?

Une autre bulle est rapidement apparue avec des visages qui faisaient des bisous et des émojis d'aubergine. J'ai ri, pas surpris de voir quelque chose comme ça venir d'Olive. Elle avait toujours l'air très mature et réservée en personne, mais une fois que j'ai commencé à vérifier Faith à travers ses messages, j'ai rapidement appris qu'Olive avait beaucoup plus de cran que les gens ne le pensaient. Cependant, aucun d'eux n'a jamais rien dit qui pourrait leur causer des ennuis ou blesser quelqu'un si leurs téléphones étaient volés et piratés. Jonah avait appris à tous ses enfants à être prudents avec la technologie. Donc, même si j'aurais aimé avoir un aperçu des conversations de Faith avec Olive à mon sujet, j'ai compris pourquoi les seules références étaient cryptiques et rares. Il m'a fallu un certain temps pour comprendre qu'elle faisait référence à moi quand elle utilisait SHF. J'étais presque sûr que cela signifiait "Smoking Hot Fireman".

Cependant, j'avais lu suffisamment de leurs échanges pour deviner comment Faith réagirait, mais ensuite, je devais mettre un terme à cela.

Faith : Tu n'aimerais pas le savoir.

Olive : Très bien. Sois comme ça. Je serai ton alibi.

Faith : Merci ! Je dois y aller.

FrançaisEnsuite, j'ai ouvert une fenêtre de texte pour sa mère, Penny.

Faith : Salut, maman. Olive et moi allons organiser une fête de remise de diplôme improvisée maintenant que nous avons terminé les examens. Je voulais juste te prévenir parce que nous serons absents pendant quelques jours. Je ne sais pas encore où nous allons, mais je te promets que nous serons en sécurité.

La réponse de Penny est apparue en quelques secondes.

Maman : Ça a l'air amusant ! Amuse-toi bien !

Maman : Fais-moi juste savoir quand tu auras décidé où pour qu'on ne s'inquiète pas.

Maman : Je sais que tu es nerveuse à propos de la réaction de ton père, mais je m'en charge, chérie. Amuse-toi bien. Je t'aime !

Faith : Merci. Je t'aime encore plus !

J'ai éteint son téléphone et je l'ai remis dans la poche avant de ranger le sac dans le placard. Puis je me suis promenée jusqu'à la cabine principale, j'ai pris deux bouteilles d'eau au bar et je les ai portées jusqu'à l'endroit où Faith s'était installée.

Chapitre 9

Rush

Je tendis une bouteille d'eau à Faith, puis m'assis à côté d'elle, au moment même où un homme en uniforme de pilote entrait par la porte de l'avion.

« Désolé d'être en retard, Rush. Je suis coincé dans les embouteillages. » Wade était le copilote préféré de Lake et un autre bon ami.

« Pas de problème, dis-je en agitant la main. Je ne t'ai certainement pas prévenu longtemps à l'avance, en avançant le voyage de plus de vingt-quatre heures. » Je fis un geste vers Faith et passai mes bras autour d'elle, la tirant près de moi et souriant lorsqu'elle se fondit à mes côtés. « Wade, c'est ma Faith. Wade est notre copilote. »

Lake se dirigea vers la porte du cockpit et sourit lorsqu'il aperçut ma copine. « Waouh, Rush. Tu sais vraiment comment les choisir. »

Mes yeux se plissèrent en signe d'avertissement, faisant grandir son sourire.

« Faith, ce connard, c'est Lake. Ignore-le. »

Lake rit et salua Wade, qui rangeait ses affaires dans un casier de la cuisine. « Hé, Wade. Ok, Rush, nous décollerons dans environ cinq minutes.

Merci", avec une ascension de la porte de mon menton. Et

quand je l'ai regardé, j'ai dû rire .

toi ? Cette fois, je ne pouvais pas y avoir de la poitrine. «Particulièrement , c'est pourquoi je ne parviens pas à faire deux ans. " Elle a ridiculisé et tapoté la main qui reposait sur son épaule. , et trois fauteuils inclinés ont été répandus dans une arche devant eux, avec une table basse .

As-tu faim ? » demandai-je, distrait par ses jambes sexy alors qu'elle les repliait sous elle. Sa jupe courte remonta et si ses cuisses s'écartaient un peu, j'aurais pu voir sa culotte. Heureusement qu'elle avait mis cette couverture sur elle plus tôt, sinon j'aurais pété les plombs à l'idée que Lake ou Wade voient ce qui était pour moi seul.

Ma bouche s'asséCha et je faillis rater sa réponse. « Pas vraiment. Et toi ? »

« Pas pour la nourriture », marmonnai-je doucement.

« Pardon ? »

« Je vais bien, pour le moment », dis-je un peu plus fort.

Faith sourit et posa son coude plié sur l'accoudoir du canapé avant de poser son menton sur son poing. Elle battit des cils de manière exagérée et parla d'une voix mielleuse. « Alors, à propos de l'endroit spécial à Paris. »

Je secouai la tête et m'assis à côté d'elle, étirant mes longues jambes et les posant sur la petite table.

« Tu ne vas pas gâcher ma surprise. »

« S'il te plaît ? » Elle battit à nouveau des cils et fit semblant de faire la moue.

J'adorais que Faith puisse me faire rire et m'exciter en même temps. Elle était belle à l'intérieur comme à l'extérieur. Si je pouvais l'enfermer dans notre maison et ne jamais la partager avec personne d'autre que nos enfants, je n'hésiterais pas. J'étais égoïste et je voulais tout d'elle juste pour moi.

Faith se rapprocha d'un pouce et essaya à nouveau, "S'il te plaît, Rush ?"

La façon dont elle prononça mon nom fit couler tout le sang de mon corps vers ma bite. Je voulais attendre que nous soyons à notre appartement avant de prendre la cerise de Faith. Mais j'avais besoin d'y goûter au moins, ou j'allais perdre la tête.

Je posai mes pieds sur le sol et attrapai ses larges hanches d'accouchement, la soulevant sur mes genoux avec ses jambes posées de chaque côté de moi. Elle posa ses mains sur ses genoux, et ses flaques d'eau bleu profond se réchauffèrent tandis que ses joues devenaient cramoisies.

"J'aime le son de tes supplications, yeux bleus", murmurai-je, appréciant la vue de ses seins rebondissant alors que sa respiration s'accélérait. Prenant ses mains, je les ai placées sur mes épaules et j'ai chantonné : « Je ne vais pas dévoiler les détails de ta surprise, mais ce n'est pas la seule chose que je peux te faire supplier. » Puis j'ai penché la tête et j'ai scellé ma bouche sur la sienne.

Le citron vert et la noix de coco envahirent tous mes sens, un mélange sucré et acidulé qui captura parfaitement ma nana. Lorsqu'elle gémit, je profitai de l'ouverture entre ses lèvres pour glisser ma langue dans sa bouche et explorer. Mes mains étaient passées de ses hanches à ses genoux, et je les glissai sous sa jupe jusqu'à ce qu'elles reposent sur ses cuisses avec mes pouces au bord de sa culotte.

J'écartai un peu plus ses jambes, faisant descendre son centre plus bas sur moi. Sa chaleur effleura ma bite, et elle haleta alors que ses membres essayaient automatiquement de se rapprocher. Mais j'avais une prise ferme et ne les laissai pas bouger d'un pouce.

Arrachant mes lèvres des siennes, je lui lançai un regard dur et grognai : « Ne refais pas ça. »

Ses yeux vitreux de passion se verrouillèrent aux miens, et sa langue sortit pour lécher ses lèvres gonflées par les baisers. Puis elle hocha la tête.

« Je veux les mots, Faith. Garde tes jambes ouvertes, tu comprends ? »

« Oui, » murmura-t-elle en se tortillant un peu sur mes genoux.

« Bonne fille. » Je l'embrassai à nouveau, gémissant quand ses mains remontèrent pour s'étaler sur ma nuque, ses doigts jouant avec les bords de mes cheveux.

Je glissai une main vers le haut et autour de sa hanche, puis vers le bas pour caresser l'une de ses fesses. Je passai le bout de mes doigts le long de sa cuisse et les effleurai sur son sexe, provoquant un frisson qui secoua son corps. Ses jambes tressaillirent, mais elle les garda en position. « C'est ma bonne fille, » ronronnai-je contre ses lèvres. « C'est super sexy quand tu m'obéis. »

En guise de récompense, je glissai un doigt sous ses sous-vêtements et remontai le bout de sa fente avant d'encercler son clitoris. « Putain, trempée, » gémis-je, ma faim devenant insistante.

« Fonce ! » cria-t-elle en rejetant sa tête en arrière et en poussant ses gros seins en l'air. Je les voulais dans ma bouche plus que je n'en avais besoin pour reprendre mon souffle. J'ai rapidement attrapé les côtés de son chemisier boutonné et l'ai déchiré, envoyant des boutons voler partout.

Ses globes débordaient pratiquement de son soutien-gorge en dentelle, tremblotant à cause de ses respirations rapides. J'ai tiré vers le bas les bonnets et me suis accroché à l'un des gros pics rigides, suçant fort pour laisser une marque, la marquant. Le gémissement profond de Faith a frappé directement ma bite, et j'ai laissé couler un peu de sperme. Une fois que j'ai été sûr que sa peau contenait la preuve qu'elle était à moi, je suis passé de l'autre côté.

L'armature de son soutien-gorge maintenait ses seins en l'air, donc mes mains étaient libres de faire autre chose. Revenant au sommet de ses cuisses, j'ai serré le gousset de sa culotte dans une prise serrée et l'ai arrachée. Elle était si mouillée que le dos de ma main était trempé de son jus. Ma faim se tordait dans mon ventre, brute et puissante. Je devais la goûter.

Un bruit derrière moi m'arrêta brusquement et je me rappelai où nous étions. Lake et Wade devraient quitter le cockpit pour aller aux toilettes ou aller chercher de la nourriture dans la cuisine. Si un autre homme entendait les sons de plaisir de Faith ou voyait ses seins nus, je ne pouvais pas promettre que je ne deviendrais pas meurtrier. Nous avions besoin d'intimité parce que je n'avais certainement pas fini de me régaler de ma fille.

En lui caressant les fesses, je la tenais près de moi tandis que je me levais et retournais à grands pas dans la chambre. J'ai fermé la porte d'un coup de pied, puis j'ai doucement allongé Faith sur le lit, laissant ses jambes pendre au bout. Puis je me suis mis à genoux et j'ai remonté sa jupe jusqu'à sa taille. « Putain de merde », ai-je gémi. « Regarde cette chatte parfaite. » Elle était rose et gonflée, luisante de son excitation, et j'en avais l'eau à la bouche. Coinçant mes épaules entre ses cuisses pour la maintenir écartée, j'ai utilisé mes pouces pour écarter ses plis, exposant son petit clitoris dur qui essayait de s'échapper de son capuchon.

« Tu y es presque, bébé, » grognai-je. « Tu vas bientôt me supplier, et si tu es sage et fais ce que je te dis, je te donnerai ce que tu veux. »

Je levai les yeux pour la voir me fixer avec de grands yeux bleus, et je souris. « Tu n'as jamais eu de bouche sur ta chatte, bébé ? » Elle secoua la tête. « Merci putain. Je détesterais devoir aller en prison pour avoir tué ce fils de pute. »

Baissant les yeux, je m'approchai et la léchai lentement de haut en bas, encerclant son clitoris, puis en redescendant. Elle se tendit lorsque je poussai le bout de ma langue raidie dans son canal, et je me penchai en arrière pour pouvoir revoir son visage. « Détends-toi, Faith. Je veux que tu joues avec tes seins, bébé. Pince et tords tes tétons, tire dessus et fais comme si c'était ma bouche qui suce ces pics sexy. »

Elle avait l'air hésitante, mais après avoir supporté un moment mon regard dur et exigeant, elle glissa ses mains jusqu'à ses seins. J'attendis qu'elle les ait pincés, puis je replongeai ma langue en elle. Faith poussa un cri et son dos se courba tandis que ses jambes s'écartaient encore plus.

Après quelques coups de langue supplémentaires, je m'arrêtai pour respirer son odeur et gémis. « J'adore ton goût, yeux bleus. J'en veux plus. Je veux que tu remplisses ma bouche de ta crème. » Je replongeai pour me régaler de sa chair succulente et attrapai son cul, la soulevant jusqu'à ma bouche.

Je la poussai de plus en plus haut, taquinant son clitoris et pénétrant son canal avec des poussées superficielles de ma langue.

« Oui ! Oui ! Oh, Rush ! » Les hanches de Faith commencèrent à pomper, cherchant le plaisir et la libération. Mais je n'avais pas fini, alors je reculai et attendis que son orgasme s'estompe. Elle gémit de confusion mais fut à nouveau emportée par moi alors que je la dévorais.

Sans relâche, je la poussai vers le haut et la laissai tomber, encore et encore.

« S'il te plaît », supplia-t-elle finalement, sa voix rauque et désespérée. « S'il te plaît. »

Elle y était presque. « Dis mon nom quand tu me supplie de te faire plaisir, Faith », exigeai-je.

Son corps vibrait de désir, tendu par l'anticipation, et je savais qu'il n'en faudrait pas beaucoup plus pour obtenir ce que je voulais vraiment.

« Oh s'il te plaît, Rush ! Donne-le-moi, Rush ! » Je ne pensais même pas qu'elle savait vraiment ce qu'elle demandait, mais cela n'avait pas d'importance. Elle savait que j'étais le seul à pouvoir le lui donner.

« Quand je te le dirai, je veux que tu pinces fort tes tétons et que tu serres ta chatte. Tu comprends, Faith ? »

« O-Oui, » bégaya-t-elle quand je mordis légèrement sa cuisse.

Je léchai et suçai, lui donnant du plaisir à de nouveaux sommets, et quand elle atteignit le précipice parfait, je grognai, « Maintenant, yeux bleus. »

Elle fit ce qu'on lui disait, et je plongeai un doigt en elle, le recroquevillant pour gratter le long de son point G tout en suçant fort son clitoris.

Faith explosa avec un cri assourdissant, et je me demandai brièvement si les pilotes pouvaient l'entendre. Je devrais insonoriser cette pièce pour ma propre tranquillité d'esprit.

Alors que la première vague de l'orgasme de Faith la frappait, j'utilisais deux doigts pour continuer à stimuler son bouton de plaisir et remplaçais mon doigt par ma langue. Quelques secondes plus tard, ma bouche était inondée alors que Faith jaillissait, giclant son sperme dans ma gorge. Je buvais goulûment chaque goutte, et ma bite pulsait avec colère, voulant son tour dans la chatte serrée de Faith.

Alors que ses frissons commençaient à s'atténuer, je me disputais avec moi-même sur mon plan d'attendre que nous arrivions à Paris pour lui faire éclater sa cerise. Mais ma bite rigide et douloureuse, et l'animal en moi qui avait l'intention de se reproduire, gagnèrent le combat.

Me levant, je retournai Faith sur le ventre et dégrafai sa jupe et son soutien-gorge, les retirant avec les restes de sa chemise et les jetant tous sur le sol. Quand je lui retournai le dos, mon souffle se bloqua dans ma gorge face à la beauté devant moi. Sa peau rougie, encore chauffée par son orgasme, ses yeux bleus vitreux de passion, ses tétons entourés de peau sombre à cause des suçons que je lui avais fait, et sa chatte déjà trempée à nouveau.

« Tu es tellement magnifique, putain », murmurai-je.

Elle fondit pratiquement, ce qui était impressionnant, étant donné qu'elle était déjà pratiquement sans os. « Tu n'es pas vraiment un ogre non plus », me taquina-t-elle, une lueur apparaissant dans ses yeux.

Je ris en débouclant ma ceinture et en la faisant glisser des boucles avant de la laisser tomber à côté de moi. Puis j'attrapai l'ourlet de mon t-shirt et le tirai par-dessus ma tête. Il tomba dans la même pile, et mon jean suivit bientôt. Lorsque je mis mes pouces dans mon caleçon – qui était un désastre collant – je le baissai prudemment pour libérer ma bite, mais je sifflai toujours de douleur lorsque mon membre se souleva et rebondit contre mes abdominaux. J'attrapai la base pour le maintenir immobile et pressai, essayant de soulager un peu la pression.

Faith haleta, et je levai les yeux pour la voir s'appuyer sur ses coudes, les yeux rivés sur mon long et épais membre. « Euh... je ne pense pas que cette chose rentrera en moi. »

Sa voix tremblait de nervosité, et j'utilisai un ton apaisant tandis que je me dirigeais vers le bout du lit. « Fais-moi confiance, yeux bleus. Ta chatte est faite pour moi. Cela te prendra peut-être un peu de temps pour pouvoir me prendre entièrement, mais tu le feras. »

Elle n'avait pas l'air de me croire, mais elle hocha la tête.

Je pompai ma bite plusieurs fois et utilisai le liquide qui coulait pour recouvrir le bout afin qu'il puisse glisser un peu plus facilement. Puis je me dirigeai rapidement vers la tête du lit et attrapai quelques oreillers avant de me remettre debout au pied. J'attrapai les chevilles de Faith et traînai son cul jusqu'au bord avant de pousser l'oreiller sous ses hanches, l'élevant à un angle parfait. Je pourrais me regarder m'enfoncer dans sa chatte humide d'adolescente et savoir que mes garçons avaient les meilleures chances d'atteindre son utérus.

Je lui entourai les pieds autour de la taille et me penchai pour prendre sa bouche dans un long et profond baiser, ravivant le désir qui avait diminué avec son orgasme. Mes mains entourèrent ses seins et les pressèrent doucement, les massant jusqu'à ce qu'elle se cambre hors du matelas, les poussant vers le haut et en suppliant pour plus.

Je lui donnai ce qu'elle demandait, pinçant ses tétons plusieurs fois avant de rompre le baiser et de prendre l'un des bourgeons dans ma bouche. Pendant que je léchais ses seins, je taquinais son entrée avec le bout de ma bite. Doucement, embrassant juste la chair ensemble pour stimuler ses terminaisons nerveuses. Finalement, je poussai un peu à l'intérieur, et quand ses parois se resserrèrent et essayèrent de m'aspirer davantage, je sus qu'elle était prête.

En me relevant, je détachai ses chevilles de derrière moi et les plaçai sur mes épaules. « Détends-toi, bébé », ai-je chantonné. Doucement, je poussai quelques centimètres de plus, puis m'arrêtai pour laisser ses muscles s'étirer et s'adapter à ma taille.

Elle était si petite. J'aurais pu m'inquiéter du fait que ma grosse bite soit trop grosse pour elle si je n'avais pas su, sans l'ombre d'un doute, que Faith était faite pour moi.

La fois suivante où j'en ai ajouté un peu plus, elle s'est tendue et j'ai caressé son sexe, en m'assurant de caresser son clitoris pendant que je roucoulais : « Détends-toi, yeux bleus. Concentre-toi sur le bien-être que tu ressens en moi. Te remplir. Tu vois comme ta chatte me fait de la place ? Elle veut ma bite. »

Faith a pris une profonde inspiration et ses muscles ont relâché un peu de tension, me permettant d'ajouter un peu plus de longueur. C'est à ce moment-là que j'ai senti la fine barrière qui, une fois brisée, la ferait mienne et seulement mienne. Pour toujours.

J'ai pris une de ses joues en coupe et j'ai murmuré : « J'aimerais ne pas pouvoir dire que ça ne fera pas mal du tout, mais cette première fois, je n'ai aucun contrôle là-dessus. Même si ça me fait physiquement mal de penser à te faire mal. Mais ta cerise m'appartient, et je la prends, putain. »

« C'est bon », soupira-t-elle en m'adressant un petit sourire encourageant. « Je suis prête. Je veux que tu sois mon premier. »

« Ton unique », corrigeai-je avec un grognement.

Elle déglutit difficilement et hocha la tête, alors je l'embrassai pour l'aider à se perdre dans notre passion.

Debout une fois de plus, j'utilisai mes pouces pour écarter ses plis et regardai tandis que je me retirais un peu. « Joue encore avec tes seins, bébé », l'encourageai-je.

Ses doigts se dirigèrent directement vers ses mamelons, et elle gémit. J'utilisai la distraction pour pousser mes hanches vers l'avant juste assez pour déchirer sa virginité. Il me fallut toute ma force pour m'arrêter là et rester immobile, mais le cri de Faith aida à détourner mon attention de mon besoin de bouger.

« Respire, yeux bleus », lui dis-je doucement en essuyant l'humidité qui s'accumulait sur ses joues. « Ça ne durera pas longtemps », ai-je espéré.

Après trente secondes supplémentaires, le corps de Faith commença à se desserrer. Pour expérimenter, je fis pivoter mon bassin. Quand elle haleta, je m'arrêtai, inquiet de lui faire mal. Mais son visage était inondé de plaisir, envoyant un soulagement inonder mon système. « Encore ? » Elle hocha la tête, alors je me retirai et la pénétrai d'une poussée superficielle.

« Oh ! » La chatte de Faith se serra, et je vis des étoiles, perdant un peu de contrôle. « C'est tellement bon, Rush, » gémit-elle.

Je voulais enfoncer ma bite jusqu'au bout avant de la baiser vraiment pour ne pas la blesser accidentellement en devenant trop brutal avant que sa chatte serrée ne soit prête. Inspirant profondément par le nez, je m'accrochai aux derniers morceaux de ma raison, reprenant mon habitude antérieure d'aller plus en profondeur, puis d'attendre qu'elle se détende avant de recommencer. Après ce qui me sembla être une éternité, mes couilles étaient enfin blotties contre son cul, et j'étais enveloppé de sa chaleur serrée de la racine à la pointe.

« Tu es tellement bien enroulée autour de ma bite, Faith, » gémis-je. « Est-ce que ça va ? »

« Oui. Je me sens... étirée et pleine... mais ça ne fait pas mal. Ou du moins, ce n'est pas une douleur désagréable, c'est... c'est... »

« Rendant le plaisir plus intense ? » supposai-je.

« Quelque chose comme ça, » acquiesça-t-elle, fermant les yeux et serrant ses parois intérieures.

« Putain ! » sifflai-je. « Ne fais pas ça, Faith. Je ne tiens qu'à un putain de fil. »

« Faire quoi ? » demanda-t-elle, ses yeux s'ouvrant et clignant des yeux vers moi avec une fausse innocence alors qu'elle serrait à nouveau sa chatte autour de ma bite.

« Merde ! » criai-je alors que des traînées d'extase explosaient de mon cœur. « Fais attention, petite fille, » grognai-je. « Tu n'as aucune idée du feu avec lequel tu joues. »

Faith sourit d'un air pécheur. « Je brûle déjà, pompier fumant. Qu'est-ce que tu vas faire à ce sujet ? »

Je lui ai attrapé le cul et je l'ai soulevé d'un centimètre pour m'enfoncer encore plus profondément et sentir mon extrémité heurter son col de l'utérus. « Tu veux te brûler, bébé ? Mon plaisir. »

Retirant ses chevilles de mes épaules, j'ai drapé ses jambes sur mes bras avant de me retirer jusqu'au bout. C'est à ce moment-là que j'ai repéré le rose qui a taché le jus recouvrant ma bite. La dernière corde qui me tenait ensemble a craqué, et j'ai été rattrapé par la bête en moi. « À moi », ai-je grogné.

Je l'ai claquée et un peu de sperme a jailli de ma tête gonflée, mais elle n'était pas prête à être fécondée. Pas encore. J'avais besoin qu'elle vienne à nouveau en premier.

Avec un abandon sauvage, j'ai martelé dans et hors de sa chatte serrée, la poussant au sommet de son plaisir. Je grognais comme l'animal que j'étais alors que je me faufilais entre ses cuisses, rendu fou par les ondulations de ses parois autour de ma bite à chaque fois que je touchais le fond.

« Fonce ! » gémit-elle, se tordant de ravissement. « Oui ! Oui ! »

« C'est ça, yeux bleus. Serre-moi, traye ma bite, prends tout. Oh putain, ouais. Putain ! Oh, Faith ! Putain ! » Mes couilles ont commencé à se dresser, et je savais que je n'en avais plus pour très longtemps. « C'est tellement bon, n'est-ce pas, Faith ? Tu aimes la sensation de ma bite nue en toi ? »

Ses yeux s'ouvrirent brusquement et elle commença à dire quelque chose, mais je donnai un coup de hanches en avant et ses hanches roulèrent vers l'arrière de sa tête alors qu'elle hurlait. « Oh oui ! Plus fort, Rush ! Plus vite ! Oui ! Oui ! »

« Regarde-moi, Faith », demandai-je en m'arrêtant brusquement. J'attendis que ses yeux se fixent sur les miens. « As-tu fait ce que je t'ai dit ? As-tu arrêté de prendre des contraceptifs ? »

« Oui », murmura-t-elle.

Je souris méchamment. « Bonne fille. Ton corps est mûr et prêt à être fécondé, bébé. Il n'y aura rien entre nous, tu comprends ? Tu m'as donné ta cerise, alors tu es à moi. Et j'ai bien l'intention de remplir ton ventre non protégé de tant de sperme que ton corps n'aura d'autre choix que de le laisser prendre racine. Tu vas faire de moi un papa ce soir, Faith. »

Sa bouche s'ouvrit, mais ses yeux bleus étaient sombres de passion et d'excitation. « Je sais que tu veux un bébé, n'est-ce pas, Faith ? »

Elle hocha la tête.

« Et de quel bébé veux-tu ? »

Elle rougit violemment et je rigolai. « Je suis jusqu'aux couilles dans ta chatte fertile, bébé. Je te dis que je veux te mettre enceinte. Il n'y a pas de quoi être gêné. Dis-moi. »

« La tienne », admit-elle, ses joues toujours teintées de rose.

« En as-tu rêvé, Faith ? »

« Oui. »

« Tu as rêvé d'avoir mon bébé ? » Elle hocha la tête. « As-tu rêvé de la façon dont je te mettrais enceinte, yeux bleus ? » Après une courte hésitation, elle hocha à nouveau la tête. « Je baise mon bébé en toi dans mes rêves depuis la première nuit où nous nous sommes rencontrés », admit-je, mes hanches reprenant lentement leur mouvement. « Je me réveillais constamment avec ton nom sur mes lèvres et mon sperme partout sur le lit. » Le

corps de Faith tremblait et le feu dans ses yeux grandissait à chaque mot grossier que je prononçais.

« Cette fois, je vais mettre tout ce sperme en toi et le faire encore et encore jusqu'à ce que j'obtienne ce que je veux. »

« Fonce ! » Elle gémit tandis que ses hanches se cabraient et que sa chatte se serrait, essayant de me faire accélérer. Je n'avais pas envie de lutter, alors je lui ai donné ce qu'elle voulait.

Je me penchai et enfonçai ma bite dans son canal, aussi profondément que possible. Alors que nous baisions fort et vite, les seuls sons dans la pièce étaient nos grognements et nos gémissements. Puis nos cris et nos cris d'extase résonnèrent sur les murs alors que nous grimpions vers le bord.

« Putain, bébé ! » Je sentis le bout de ma bite heurter à nouveau son col de l'utérus, et il se détendit un peu plus. Immédiatement, ma bite commença à gicler ma pâte à bébé dans son utérus non protégé. «

Oh putain, » gémis-je. « Tu dois jouir, bébé. Rends ce col de l'utérus bien doux pour que mon sperme te remplisse complètement. » Je frottai vigoureusement son clitoris jusqu'à ce qu'elle tremble violemment, puis elle se tendit avant de laisser échapper un cri à glacer le sang en cambrant le dos et ses mains serrant les draps dans une prise blanche. Je me redressai et alors que je regardais mon manche entrer et sortir, maculé de son sang de vierge, j'explosai.

Mon orgasme me déchira, électrisant chaque nerf de ravissement, m'envoyant en spirale dans un bonheur que je n'aurais jamais imaginé possible. Du sperme épais et lourd jaillit de ma queue, des jets chauds éclaboussant ses parois et remplissant son canal à ras bord.

Quand le monde cessa de tourner et que j'étais presque sûr de ne pas tomber, je libérai doucement les jambes de Faith et me retirai de sa chaleur. Elle fronça les sourcils à la perte, mais ses yeux restaient à peine ouverts. Souriant d'un air narquois, je la pris dans mes bras et la portai sur le côté du lit, puis la déposai.

« Je reviens tout de suite, bébé », lui dis-je avant de me diriger vers la petite salle de bain attenante. Je pris un gant de toilette dans l'un des placards et le passai sous l'eau chaude. Ma bite était toujours dure - ce qui était complètement fou, compte tenu de la force avec laquelle j'étais venu et de la quantité de sperme que j'avais laissé en elle - et elle brillait du mélange de nos fluides. La teinte rose excita à nouveau mon animal intérieur, alors je me nettoyai à contrecœur. J'avais poussé Faith plus fort que je n'aurais dû, vu qu'elle était vierge. J'avais besoin de la laisser se reposer.

Je sortis un autre gant de toilette et la nettoyai, perturbant à peine son sommeil. De toute évidence, je l'avais épuisée. Je ne pus m'empêcher de donner un petit coup de fouet à mon ego. Après avoir jeté les chiffons dans l'évier, je retournai au lit et grimpai dedans, la prenant dans mes bras.

J'avais attendu si longtemps pour être enroulé autour d'elle toute la nuit. Pour me réveiller avec elle dans mes bras. Pour être avec elle tous les jours pour le reste de nos vies. Et cela valait chaque seconde.

Chapitre 10

83

La voix de

Rush

Wade dans l'interphone me réveilla, m'informant que nous allions atterrir dans environ une demi-heure.

Je gémis, frustré d'être réveillé d'un autre rêve délicieux sur Faith. Mais alors quelque chose de doux et de chaud bougea dans mes bras, et mes yeux s'ouvrirent.

Faith, nue et repue, leva vers moi des yeux endormis et sourit. « Salut. » Sa voix était un peu rauque, et je luttais contre l'envie de gonfler ma poitrine avec une fierté suffisante. J'étais un vrai Néandertalien avec elle.

« Bonjour, yeux bleus », dis-je doucement en baissant la tête et en caressant son cou. « Je suppose que nous ferions mieux de nous lever et de nous habiller. »

Nous nous étions endormis en cuillère, et je tenais un de ses seins luxuriants dans ma main gauche, et ma bite était blottie dans la fente de son cul. À mes mots, ses lèvres se sont affaissées en une moue, et mon érection matinale a commencé à devenir plus dure et plus longue. Elle a tremblé, et j'ai serré sa poitrine avec un grognement. « Arrête de me tenter, petite coquine. Même si nous avions le temps, tu dois récupérer. »

« Je vais bien », a-t-elle insisté avec un autre frémissement.

J'ai levé un sourcil et déplacé ma main de sa poitrine pour prendre sa chatte en coupe. J'ai mis juste le bout de mon petit doigt dans son canal, et elle a sifflé de douleur. « C'est ce que je pensais. Maintenant, ne me regarde pas comme ça », l'ai-je avertie lorsqu'elle a soupiré de déception. « Il y a plein d'autres choses que nous pouvons faire quand nous serons là où nous allons. »

« Je t'ai donné mon corps et tu ne veux toujours pas me dire quelle est la surprise ? » dit-elle avec un soupir dramatique. Puis elle me fit un clin d'œil et je ne pus m'empêcher de rire.

« Monte », lui dis-je en l'aidant à descendre du lit avant de faire de même. Je la conduisis dans la salle de bain et la fis prendre une douche seule parce que je savais qu'il ne fallait pas entrer dans un petit espace avec une Faith mouillée et nue. Peu importe à quel point j'en avais envie.

Ses vêtements étaient éparpillés et je ne pouvais pas me résoudre à regretter qu'ils soient ruinés. Je détestais cet uniforme, mais... je lui en trouverais probablement un autre à porter juste pour moi. Bien que j'aie rempli l'appartement de tout ce dont elle avait besoin, je n'avais pas l'intention de l'emmener au lit dans l'avion, donc je n'avais pas de vêtements de rechange pour elle.

Improvisant, j'ouvris quelques tiroirs et trouvai un T-shirt qui lui serait énorme mais qui lui irait mieux que tout ce que j'avais d'autre. Ensuite, j'ai sorti un pantalon de survêtement avec un cordon de serrage à la taille.

Quand je suis retourné à la salle de bain, elle venait de sortir de la douche, enveloppée dans une serviette bleu foncé. « J'ai mis des vêtements sur le lit pour toi. Ils feront l'affaire pour l'instant puisque ton uniforme est ruiné. »

Les yeux de Faith se plissèrent. « Ne sois pas si satisfait de ça, Rush. »

Je haussai les épaules, pas le moins du monde repentant.

Elle gloussa et se dirigea vers la chambre. Après une douche rapide, j'enroulai une serviette autour de ma taille et quittai la pièce humide. Faith n'était pas là, alors je me suis rapidement habillé avant de la chercher.

Je l'ai trouvée dans la kitchenette, en train de boire une bouteille d'eau. Tu es un idiot, Baldwyne. Après l'avoir épuisée la nuit dernière, puis n'avoir rien mangé ni bu pendant des heures, pas étonnant qu'elle ait soif. « Je suis désolée », m'excusai-je en m'approchant d'elle et en la prenant dans mes bras. « J'aurais dû mieux prendre soin de toi la nuit dernière. Je veillerai à ce que nous ayons de la nourriture dans la voiture quand nous atterrirons. »

« Des pâtisseries ? » Elle a demandé en bondissant sur ses orteils.

J'ai ri, "Tout ce que tu veux, yeux bleus."

Elle s'est retournée dans mes bras et a tapoté ma poitrine. "Alors tu es pardonnée de m'avoir affamée."

Attrapant mon ordinateur portable, j'ai envoyé un e-mail rapide à mon assistant, lui demandant de s'assurer qu'il y avait suffisamment de collations dans la voiture, puis d'éteindre l'appareil et de le ranger.

Lake a annoncé qu'il était temps de prendre nos places, alors nous avons attaché nos ceintures et nous nous sommes tenus la main pendant la courte descente et le roulage sur la piste.

Faith a joyeusement grignoté toutes les gourmandises, gémissant de plaisir pendant que je la regardais les savourer et essayais de ne pas la baiser sur le sol de la voiture.

Le véhicule s'est arrêté un peu plus d'une heure plus tard, et je suis sorti avant d'aider Faith. Lorsqu'elle était sur le trottoir, elle a regardé autour d'elle et son visage s'est illuminé. "Quel quartier magnifique !"

Je suis contente que ça te plaise. » J'ai pointé du doigt l'entrée du bâtiment. « C'est là que nous allons. » L'architecture originale du XVIIIe siècle avait été magnifiquement conservée, et l'intérieur était dans le même état.

Faith a souri et a dansé jusqu'à la porte d'entrée, attendant avec une certaine impatience que je la rejoigne et que je tape le code de sécurité. Elle a poussé des « oh » et des « ah » tandis que nous montions jusqu'au penthouse au dixième étage. Il y avait deux appartements à cet étage, alors quand nous sommes sortis de l'ascenseur, je l'ai conduite dans le couloir à gauche et j'ai déverrouillé la porte.

« Mon Dieu », a soufflé Faith en entrant. « Cet endroit est incroyable. Tu le loues ? »

J'ai secoué la tête et j'ai fermé la porte. « J'ai signé les papiers il y a environ dix mois. Mais je ne suis venue ici que quelques fois. » Je n'avais pas apprécié d'être là sans elle, mais j'étais venue pour finaliser tous les détails afin que tout soit prêt pour son anniversaire. « Que dirais-tu d'une visite ? »

L'appartement avait trois murs extérieurs, et chacun d'eux avait plusieurs portes doubles dans chaque pièce menant à une petite terrasse entourant le bâtiment. L'architecture et le design étaient tous d'origine, bien qu'il ait été rénové et qu'une grande partie de l'appartement ait été modernisée. Cependant, je l'avais laissé un peu nu pour m'assurer que Faith avait la place de s'approprier l'endroit.

Lorsque nous avons atteint la chambre principale, j'ai attendu près de la porte pendant qu'elle entrait dans l'immense placard. Je savais qu'elle en serait amoureuse, mais j'espérais qu'elle aimerait tout ce que j'avais acheté pour elle.

Ce à quoi je ne m'attendais pas, c'était qu'elle sorte en trombe, furieuse.

« Qu'est-ce que tu fous, Rush ? » a-t-elle craché.

« Pardon ? » J'ai cligné des yeux plusieurs fois, complètement pris au dépourvu.

« Si tu vas amener ta maîtresse dans cet appartement, ai au moins la décence de cacher les affaires de ta femme ! » Faith s'est giflé les mains sur les côtés de la tête, et son expression était horrifiée alors qu'elle se tournait en rond, ne semblant rien voir devant elle. « Putain. Nous n'avons pas utilisé de préservatif. Je ne peux pas être l'autre femme ! Une maîtresse enceinte ? Bon sang ! Mes parents vont me tuer. La vie n'est pas un conte de fées, Faith Carrington. »

Après avoir absorbé ses divagations pendant une minute et avoir vu l'objet dans sa main, j'ai compris le malentendu.

« Faith. » Elle n'a même pas enregistré que j'avais parlé alors qu'elle continuait à marcher et à marmonner pour elle-même. Je me suis approché d'elle et l'ai tirée dans mes bras. « Faith ! »

« Ne me touche pas ! »

Je ne l'ai pas lâchée, malgré ses efforts.

« Laisse-moi t'expliquer », ai-je exigé d'un ton qui montrait que j'étais sérieux. Elle a arrêté de se tortiller, mais son expression est restée en colère et pleine de ressentiment.

« Il n'y a personne d'autre que toi. » Elle a ouvert la bouche, mais je lui ai lancé un regard qui l'a fait la refermer. « Il n'y en a pas eu depuis très longtemps. »

Je saisis le poignet de sa main qui était fermement serrée. Écarter ses doigts, je pris la bague en diamant de quatre carats et l'anneau assorti dans sa paume.

— As-tu regardé les tailles sur les vêtements, Faith ? —

Je me fiche de ce qu'elle...

Je soupirai assez fort pour la faire s'arrêter. — Tout ce qu'il y a là-dedans est à ta taille parce que tout a été acheté pour toi, yeux bleus. Cette parure, je l'ai choisie juste pour toi. Ces bagues, quand je les ai vues, j'ai su qu'elles étaient à toi. Tout. Tout. C'est à toi. La

bouche de Faith s'était lentement ouverte sous le choc, et quand j'eus fini, ses yeux bleus étaient humides. — Pourquoi ?

— Pourquoi ? répétai-je, un peu confus par sa question.

Pourquoi as-tu fait tout ça pour moi ?

Mon front se fronça, et je la fixai pendant un long moment, repensant à notre temps ensemble. Ouais, tu es un putain de génie, Baldwyne.

— Parce que je t'aime, yeux bleus. Je suis tellement amoureuse de toi que j'ai du mal à respirer quand tu n'es pas avec moi. Tu es tout. Mon obsession, mon amour, ma raison de vivre. Je vais t'épouser, avoir des enfants avec toi et vieillir avec toi. Et même si je peux être un crétin contrôlant, jaloux et obstiné parfois, toi et nos enfants passerez toujours en premier. Je passerai ma vie à m'assurer que vous êtes tous heureux et en sécurité. »

Les larmes coulaient sur les joues de Faith, mais son sourire était aveuglant. « Je t'aime aussi, Rush. »

J'ai embrassé ses larmes avant d'écraser nos bouches ensemble et de verser chaque parcelle de mes sentiments pour elle dans le baiser.

Quand nous nous sommes séparés, elle a levé un sourcil et a jeté un coup d'œil aux bagues dans ma main. « Et alors ? »

Je lui ai pris la main et j'ai glissé la bague.

« Euh, tu n'oublies pas quelque chose, Rush ? »

En y repensant une seconde, j'étais sûr de n'avoir rien manqué. J'ai jeté un œil à l'anneau qui correspondait à sa bague de fiançailles et j'ai secoué la tête. « C'est pour demain. »

« T-Tomo-Demain ? » Elle s'étouffa presque en prononçant ce mot, alors je lui tapotai le dos pendant qu'elle toussait et reprenait son souffle. « Demain ? »

Je souris. « Oui. Tu pourras l'avoir quand le juge nous déclarera mari et femme. »

« D'accord. Mettons de côté cette idée folle que nous nous marions demain. »

J'ouvris la bouche et elle frappa sa main dessus, me faisant rire.

« Tu ne penses pas que tu devrais au moins me demander en mariage avant de choisir une date ? »

Je fronçai les sourcils. « Nous allons nous marier. » Je ne cédai pas dans mon ton parce que ce n'était pas sujet à discussion. Mes yeux se plissèrent et pour insister, je pris sa main gauche et la fis signe. « Tu vois ? » Un sourire

courba ses lèvres et elle leva les yeux au ciel. « Comment quelqu'un peut-il être si adorable et un bûcheron si beau en même temps est un mystère. »

« Beau comme un roc, hein ? » Je lui adressai un sourire salace et elle gloussa.

« Maintenant, à propos de toute cette histoire de demain... »

« Tu pourrais déjà être enceinte », déclarai-je, pensant que c'était l'argument parfait.

« Ce sera la même chose dans six mois. »

— Je n'attends pas six mois pour faire de toi ma femme, Faith. Avant qu'elle ne puisse argumenter de nouveau, je me suis souvenu des textos que je lui avais envoyés. — Ton père va forcément te chercher d'un jour à l'autre, yeux bleus. Tu veux vraiment qu'il te trouve enceinte et célibataire ? Il va probablement essayer de me tuer.

Faith pâlit. — D'accord, demain.

Je souris triomphalement et elle me toucha la poitrine. — Ne crois pas que je ne sache pas que tu viens de te moquer de moi, Baldwyne, grommela-t-elle.

Quand il s'agit de toi, Faith, je ne fais pas n'importe quoi. Je la pris dans mes bras et me dirigeai vers le lit. — En parlant de ça, je suis définitivement un homme avec une mission. —

Et c'est autre chose, couina-t-elle en rebondissant sur le matelas. Tu as dit bébés ? Comme au pluriel ? —

Putain, c'est vrai. Je lui ai enlevé ses vêtements en un éclair et il n'y eut plus de questions pendant très, très longtemps.

Épilogue

Faith

Rush a soigneusement installé notre nouveau-né dans mes bras et nous a souri, ses magnifiques yeux noisette remplis d'amour. « Nos parents doivent être impatients d'entrer ici et de rencontrer notre petite beauté. »

Mes lèvres se sont courbées en un sourire tandis que je passais mes lèvres sur le dessus de la tête de Gabrielle. « Je suis surprise que mon père n'ait pas déjà enfoncé la porte. »

« Ta mère fait du bon travail pour le maintenir dans le droit chemin. »

J'ai penché la tête en arrière pour le regarder. « Et ça ne fait pas de mal qu'il ait tendance à se comporter au mieux quand tes parents sont là. »

« Seulement parce que ta mère et la mienne sont devenues comme des voleuses au cours des neuf derniers mois, et mon père ferait n'importe quoi pour ma mère. »

Mes beaux-parents m'avaient accueilli dans la famille à bras ouverts, et j'ai adoré que nos mères se soient rapprochées.

« Comme je ferais n'importe quoi pour toi », promit-il en repoussant une mèche de cheveux derrière mon oreille. « Alors si tu as besoin d'un peu plus de temps avant que tout le monde ne nous attaque, dis-le-moi. Je les garderai hors d'ici jusqu'à ce que tu sois prête. Personne ne te reprochera d'avoir besoin de repos. Tu dois être fatiguée après vingt heures de travail. »

« Je pensais que je serais épuisée » — je caressais un doigt sur la joue de Gabrielle — « mais tenir cette adorable fille dans mes bras m'a donné une décharge d'adrénaline. J'ai l'impression que je pourrais conquérir le monde maintenant. »

Comme si c'était prévu, on frappa la porte avant qu'elle ne s'ouvre. Mon père fit entrer ma mère dans la pièce, avec les parents de Rush sur leurs talons. Les femmes se dirigèrent vers le côté du lit pour roucouler devant ma petite fille. Le père de Rush arriva derrière lui pour lui taper dans le dos tandis que mon père les poussait hors de leur chemin pour se pencher sur moi. Après m'avoir embrassée sur la joue, il a pris ma fille dans mes bras.

J'ai remarqué que Rush serrait les poings à ses côtés et je me suis demandé s'il faisait ça pour s'empêcher de la reprendre puisque j'étais tentée de faire la même chose. Ce n'était pas que je ne faisais pas confiance à mon père - il m'avait élevée, après tout - mais j'ai réalisé que je n'étais pas encore prête à partager ma fille quand il l'a bercée contre sa poitrine. Rush m'a lancé un regard entendu lorsque mon père a demandé : « Quel nom avez-vous finalement choisi ? »

« Gabrielle Celia Baldwyne », ai-je annoncé avec un doux sourire.

« C'est un très grand nom pour une si petite chose », a roucoulé mon père en regardant sa nouvelle petite-fille.

Les mamans ont fait le tour du lit pour se regrouper autour de lui et ma mère a suggéré : « Nous pourrions toujours l'appeler Gabby. »

« Gabby », ai-je répété doucement, mon attention se reportant sur Rush.

Il a hoché la tête. « J'aime le son. »

« Et toi, petite Gabby ? » a demandé sa mère. « Est-ce que tu aimes ton nouveau surnom ? »

Les lèvres de ma fille se pincèrent et ma mère applaudit. « Je pense que c'est oui. »

« Notre adorable Gabby est peut-être petite, mais elle est si intelligente », murmura ma mère.

Mon père déplaça notre petite fille dans le creux de son bras et jeta un regard oblique à mon mari. « Peut-être que tu auras plus de chance que moi et que ta fille te laissera l'accompagner jusqu'à l'autel. »

Même si Rush avait raison sur la façon dont mon père aurait réagi s'il m'avait trouvée enceinte et célibataire à Paris, il n'avait toujours pas été ravi par le fait que je me sois mariée avec un homme dont il ne savait rien sans aucun membre de ma famille là-bas. Surtout qu'il n'avait pu accompagner Grace jusqu'à l'autel qu'après qu'elle soit déjà mariée et mère de jumeaux qui n'avait même pas eu le temps de finir son "je le veux" avant que l'alarme incendie ne se déclenche lors de ce désastre de mariage.

Les lèvres de Rush se pressèrent tandis que ses narines se dilataient avec un souffle. "Gabby ne sortira pas avec quelqu'un avant ses trente ans. Peut-être quarante."

"Arrête d'essayer de l'énerver." Ma mère gloussa et donna un coup de coude à mon père. "Combien de fois dois-je te rappeler que tu n'as pas le temps de parler de la façon dont tu m'as revendiquée ?"

"Tu ne peux pas t'attendre à ce que je sois rationnelle quand il s'agit de mes filles", marmonna mon père.

Rush hocha la tête. "C'est quelque chose sur quoi nous pouvons être d'accord."

Les deux hommes les plus importants de ma vie partageaient un regard compréhensif, et je tombais encore plus amoureux de ma belle fille parce qu'elle contribuait à créer un lien plus fort entre eux. « Tu as encore une chance, papa. »

Les sourcils de mon père se froncèrent, faisant secouer la tête à ma mère en riant. « Elle parle de Hope, ma chère. »

« Oh, pas du tout. » La mère de Rush lui vola Gabby des bras pendant que mon père me regardait fixement. « J'enferme ta petite sœur dans la maison pendant son adolescence. Probablement sa vingtaine aussi. »

Rush tapota son menton du doigt. « Je ne suis pas sûr que ce soit suffisant. Peut-être devrions-nous commencer à mettre des dispositifs de suivi sur les filles. »

« Tu ferais mieux d'être aussi surprotecteur envers tous les fils que nous aurons. » J'agitai mon doigt vers mon mari avant de tourner mon regard vers mon père. « J'ai remarqué que tu n'avais rien dit à propos de Tucker ou Jackson. »

Il m'ignora en jetant un regard à Rush. « Pas une mauvaise idée. Si je l'avais fait il y a un an, j'aurais su que le message de Faith était bidon quand son traceur est apparu à Paris. »

Rush croisa les bras sur sa large poitrine avec un sourire suffisant, et je savais juste qu'il pensait à la façon dont il avait pris ma virginité dans la chambre à coucher de l'avion. Avant qu'il ne puisse dire quoi que ce soit que je regretterais, je joignis mes mains et lui lançai, ainsi qu'à mon père, les plus grands yeux de chien battu que je pouvais rassembler. « Je suis affamé. Je tuerais presque pour un double cheeseburger de chez Shake Shack et un malt de chez Lexington Candy Shop. »

« Je vais commander le burger. »

« Et je prendrai le milkshake. »

Mon mari et mon père parlèrent à l'unisson, travaillant en équipe pour s'assurer que j'avais exactement ce que je voulais alors qu'ils sortaient précipitamment de la pièce. Les parents de Rush étaient trop occupés à s'émerveiller devant leur première petite-fille pour remarquer qu'ils étaient partis. Ma mère s'approcha du lit et me tapota la main. « Bien joué, ma puce. Tu les as bien gérés. »

Je lui souris. « Je ne sais pas pourquoi tu sembles si surpris. J'ai appris du meilleur... toi. »

Épilogue

Rush

— Baldwyne ! hurla Caffrey, détournant mon attention du sol sous la buse que je nettoyais. Ta femme est là. Il se dirigea vers moi, derrière le camion, en souriant largement. — Je crois que tu as des ennuis, s'exclama-t-il.

Comment as-tu pu passer la CE2 ? demandai-je en levant les yeux au ciel. Il semblerait que ce soit tout à fait évident que tu n'as jamais mûri au-delà de ça. — Ça

ne veut pas dire qu'il a tort, souffla ma femme en suivant Caffrey. Elle posa sa main sur sa hanche sexy comme tout et la tendit en me lançant un regard noir. Elle m'avait donné deux bébés, et elle était devenue encore plus sexy à chaque fois. Le plus drôle, c'est

que mon rêve s'était avéré quelque peu exact. Pas à propos de la voiture, mais la nuit où le médecin nous a donné le feu vert, Faith m'avait pratiquement attaquée après que Gabby se soit endormie. C'est ainsi qu'elle s'est retrouvée enceinte de Brice huit semaines après avoir donné naissance à notre fille.

Au début, elle avait un peu paniqué, car elle commençait tout juste à comprendre le rôle de maman avec Gabby. Mais Faith était la mère la plus incroyable, et ma confiance en elle semblait l'aider à apaiser ses craintes. Le fait que je sois extrêmement présent avec mes enfants m'aidait également. J'adorais être papa, et chaque fois qu'un de mes bébés m'appelait « papa », ils pouvaient obtenir à peu près tout ce qu'ils voulaient.

« Hé, yeux bleus », la saluai-je avec un sourire chaleureux en posant l'outil et en me levant pour pouvoir la prendre dans mes bras et l'embrasser rapidement. « Qu'est-ce qui t'amène ? À part le fait que je te manque terriblement. »

Faith était un peu dans le brouillard à cause de mon baiser, mais elle s'en est remise, et une expression sévère a remplacé son regard rêveur.

Elle m'a froncé les sourcils et s'est appuyée contre ma poitrine pour pouvoir faire un pas en arrière. Je l'ai laissée faire, mais seulement parce que je voulais découvrir ce qui la contrariait afin de pouvoir y remédier.

Un bruit à ma droite me fit tourner la tête et je réalisai que Caffrey était toujours là, nous regardant comme si nous étions un spectacle en direct. Je grimaçai et secouai la tête dans la direction d'où il venait. « C'est l'heure de la récréation. Va jouer. »

Au lieu d'être insulté, Caffrey rit et s'éloigna, son rythme délibérément lent parce qu'il savait que cela me rendrait fou. « La revanche est une garce », ai-je crié, seulement pour l'entendre éclater de rire à nouveau.

Mon ami étant parti, je me concentrai sur ma femme. « Dis-moi ce qui se passe. »

Faith soupira et se frotta le ventre. « Je ne sais même pas comment dire ça, » marmonna-t-elle. « Je veux te crier dessus et hurler de joie en même temps. » Ses lèvres se plièrent en une jolie moue qui me rappela à quoi elles ressemblaient lorsqu'elles étaient enroulées autour de ma bite.

Elle avait été une excellente élève au cours des dernières années et savait exactement comment me faire plaisir. Elle pouvait contrôler son réflexe nauséeux et me prendre presque entièrement dans sa gorge. C'était presque aussi bon que d'être enterrée dans sa petite chatte serrée. Cependant, ce qui m'a vraiment fait jouir, c'est qu'elle aimait tellement me sucer. Je pouvais comprendre parce que manger la chatte de ma fille était ma façon préférée de commencer la journée... et souvent la façon dont je la terminais aussi.

Cette ligne de pensée rendait la coupe de mon pantalon inconfortable, alors je l'ai repoussé. « Tu vas devoir t'expliquer, yeux bleus. Je ne te suis pas. »

« Écoute, » a-t-elle craqué. « Je me rends compte que tu as pour objectif de remplir chaque chambre de notre maison avec un enfant... et à vrai dire, je suis totalement d'accord avec ça. Mais Brice n'a que six mois ! Comment diable ai-je pu me retrouver enceinte à nouveau

? Je prends la foutue pilule. » Puis elle m'a regardé d'un air renfrogné et a tapé mon torse avec son index. « Je t'ai dit qu'on devrait aussi finir par finir. » Elle a levé les mains en l'air et a tapé du pied de manière adorable. — Fais disparaître ce sourire niais de ton visage, Rush Baldwyne !

Je n'avais pas remarqué que ma bouche s'était courbée en un sourire arrogant, principalement parce que je n'entendais pas grand-chose au-delà de « enceinte à nouveau ». Jusqu'à ce qu'elle mentionne les préservatifs. — Nous n'utilisons pas de préservatifs, Faith, grognai-je. Je déteste quand il y a quoi que ce soit entre nous. J'en avais acheté une boîte après la naissance de Gabby, mais je ne les avais évidemment pas utilisées. Quand Brice est née, j'en ai utilisé une une fois, et c'était tout. J'avais fini par l'arracher après seulement quelques coups en elle et j'avais juré que je la baiserais toujours nue.

Faith grogna et commença à faire les cent pas. — Je n'arrive toujours pas à comprendre comment c'est arrivé. Je veux dire, je sais que la pilule n'est pas sûre à cent pour cent, mais...

— Bébé, je saisis un de ses poignets et la ramenai dans le cercle de mes bras. Tout d'abord, tu as raison. Ce n'est pas une garantie avec la contraception. Et d'après votre médecin, vous semblez faire partie de ces femmes qui sont très fertiles pendant l'allaitement. Ajoutez à cela le fait que cela vous rend insatiablement excitée - ce qui ne me pose absolument aucun problème - et la nouvelle ne peut pas vraiment vous choquer.

« Je suis insatiable ? » répéta-t-elle, son expression criant clairement au scandale. « Tu es toujours obsédé par mes seins, mais quand j'allaite, je te nourris aussi souvent que nos bébés. »

Je souris, impénitent. Ouais, j'étais définitivement accro aux seins laiteux de ma femme. Et même si j'étais excité d'être à nouveau papa, je devais l'admettre, j'adorais voir Faith enceinte. C'était super chaud, de voir la preuve que j'avais accouché de ma femme, et qu'elle m'appartenait. C'était un puissant aphrodisiaque. Et j'avais l'eau à la bouche en sachant que je sucerais ses seins dégoulinants plus longtemps que prévu. Je me demandais si elle me laisserait la convaincre d'avoir le bébé numéro quatre avant qu'elle ait fini d'allaiter celui-ci.

Je souris parce que je pouvais obtenir presque tout de Faith tout en lui mangeant la chatte. Et je n'avais jamais hésité à retenir des orgasmes pour obtenir ce que je voulais. Honnêtement, nous avions probablement fait ça la dernière fois que je l'avais attachée à notre lit et torturée pour avoir porté un petit bikini sur la plage derrière notre maison. Il n'y avait pas beaucoup de monde, mais c'était quand même public, et quand je l'ai vue parler à notre voisin Kirk, j'ai pété les plombs. J'avais fessé son joli petit cul jusqu'à ce qu'il soit rouge cerise, et je savais qu'elle le sentirait à chaque fois qu'elle s'asseyait pendant les prochains jours.

Finalement, je l'avais baisée si fort que nous avions cassé le lit, et pendant mon orgasme, je me suis évanouie pendant un moment. Ouais, ça devait être ça.

« Arrête d'être fière de toi », a claqué Faith.

J'ai haussé les épaules. « Désolé », me suis-je excusé légèrement, tous deux bien conscients que je ne le pensais pas.

Faith a souri tristement et s'est effondrée contre moi. « Juste pour que tu saches, malgré ma crise de colère complètement justifiée, je suis vraiment excitée par le bébé. »

Je la pris dans mes bras et lui embrassai la tempe. « Je sais. » Je n'avais aucun doute.

« Rush, tu dois arrêter, » gémit Faith tandis que je glissais mes lèvres dans son cou pour lui mordiller l'oreille. « Mon client en a besoin demain. »

Même avec deux bébés, Faith était une pro de la décoration d'intérieur. J'étais tellement fier d'elle, et je la soutenais de toutes les manières possibles. Elle avait également décroché un apprentissage dans une entreprise très prestigieuse grâce à une recommandation de l'un de ses professeurs. Ils lui avaient proposé un emploi à temps plein lorsqu'elle aurait obtenu son diplôme, mais elle avait décidé de travailler en freelance pour pouvoir contrôler ses horaires et sa charge de travail, ce qui lui donnait la possibilité de le faire quand elle était à la maison avec nos enfants. Il lui restait encore un an à faire et elle se constituait déjà une solide clientèle.

Faith se tenait au comptoir de la cuisine, travaillant sur son ordinateur portable. Je m'étais approché d'elle par derrière, enfonçant ma bite dressée dans son cul juteux pendant que j'étalais mes mains sur son ventre toujours plat.

J'avais appelé ses parents dès qu'elle avait quitté le poste et leur avais demandé de garder les enfants un peu plus longtemps ce soir. J'avais omis de dire que c'était pour que nous puissions fêter comme il se doit la nouvelle qu'elle était à nouveau enceinte.

« Je dois vraiment finir ça. »

Quand j'avais embrassé un endroit particulièrement sensible, elle avait fondu contre moi et j'avais souri, sachant que j'étais sur le point de gagner.

« Sérieusement... » Sa voix s'était éteinte quand j'avais glissé mes mains vers ses seins charnus. Je les avais légèrement pressés et elle avait pris une inspiration rauque. « C'est pas juste », avait-elle rauquement, frottant son cul contre ma bite.

« Tu n'as jamais prétendu jouer franc jeu, yeux bleus », ai-je murmuré. « Tu aurais dû savoir que ça allait arriver, Faith. Tu es venue me voir au milieu de mon service et tu m'as dit que tu portais à nouveau mon bébé. Tu sais à quel point ça me rend sexy, bébé. » Attrapant le devant de son chemisier à deux mains, j'avais arraché les côtés, envoyant les boutons voler partout.

« Tu dois arrêter de ruiner mon... oh ! Oh, Rush ! » Sa question était devenue un cri de passion quand j'avais arraché son soutien-gorge et pincé ses tétons.

« Pourquoi ? » ai-je répliqué d'un ton taquin. « Tu peux en acheter autant que tu veux, et ça me fait plaisir. En plus, » — j'ai laissé tomber une de mes mains sur la ceinture de sa jupe et j'ai enfoncé ma main dans sa culotte — « tu ne peux pas me dire que ça ne t'excite pas, yeux bleus. » Mon majeur s'est enfoncé dans sa chatte trempée, et elle a haleté, serrant ses muscles et faisant souffrir ma bite d'être en elle. « Putain, trempée », ai-je marmonné en enfonçant le doigt dedans et dehors plusieurs fois.

Soudain, je la libérai, la fis tourner et la soulevai sur le comptoir avant de me placer entre ses jambes. Je remontai sa jupe jusqu'à sa taille et amenai son cul jusqu'au bord. Ma bouche couvrit la sienne et je l'embrassai en pressant nos aines ensemble, verrouillant ses jambes autour de mes hanches pour que mon érection soit blottie contre sa chatte chaude. La chaleur baignait ma bite, même à travers deux couches de vêtements.

Faith gémit et se pencha en avant, plaçant ses seins contre ma poitrine. Ses mains reposaient sur mes épaules, mais lorsque je mis fin au baiser et pliai mes genoux pour me mettre au niveau de ses yeux, elle les enfonça dans mes cheveux.

Un liquide blanc trouble perla sur les pointes et je léchai chaque goutte. Les doigts de Faith se serrèrent, tirant les mèches de mes cheveux assez fort pour envoyer des picotements le long de mon cuir chevelu qui allèrent directement à ma bite. Je pris son délicieux cul dans ma main et la maintins en place pendant que je prenais un mamelon laiteux dans ma bouche. Le goût sucré de sa crème était suffisant pour faire couler ma bite régulièrement, mais je ne l'ai pas remarqué. J'étais trop occupé à me régaler des seins de ma femme. Elle gémit et cambra le dos, enfonçant le globe plus profondément dans ma bouche. Finalement, je passai de l'autre côté et lui infligeai le même traitement.

« Dépêche-toi ! J'ai besoin de toi en moi », haleta Faith en remuant ses hanches.

À contrecœur, je libérai son bourgeon glissant et libérai rapidement mon manche avant de déplacer sa culotte sur le côté et de la claquer si profondément que j'étais complètement gainé. « Putain ! » hurlai-je, luttant contre le besoin de jouir. Je voulais son goût sur ma langue, remplissant ma bouche, pendant que ma bite la remplissait.

Doucement, je l'incitai à se pencher en arrière sur ses coudes, puis je me penchai sur elle et recommençai à boire ses seins crémeux pendant que je plongeais ma bite dans sa chaleur encore et encore.

« Dépêche-toi ! Oh oui ! Oui ! »

Une de mes mains était sur ses fesses, mais l'autre glissa sur sa peau pour se poser sur son ventre. J'étais tellement heureuse que Faith soit à nouveau enceinte. Tellement excitée d'agrandir notre famille grandissante. Cela a alimenté les sensations grisantes qui me bombardaient déjà, rendant presque impossible de retenir mon orgasme.

Viens, yeux bleus », ordonnai-je d'une voix grave. Puis je glissai ma main un peu plus bas et frottai vigoureusement son clitoris.

« Oui ! Vite ! N'arrête pas ! Oh oui ! Oui ! » hurla-t-elle alors que son orgasme s'écrasait sur elle, et je mis un téton dans ma bouche alors que mon orgasme me frappait quelques secondes plus tard. Je suçai fort, avalant le jus de son téton alors que sa chatte pressait ma bite.

Faith frissonna et jouit à nouveau alors que mon sperme chaud se déversait dans son ventre.

« Je te jure », soufflai-je quelques minutes plus tard lorsque je pus enfin parler à nouveau. « Si tu n'étais pas déjà enceinte, ça l'aurait fait. »

« Uh-huh. » Faith était étalée sur l'îlot de cuisine, apparemment désossée et incapable de faire autre chose que grogner son accord.

Je ris et me retirai, nous faisant tous les deux gémir de déception. Quand je la pris dans mes bras, je frottai son nez contre le mien. « Ne t'inquiète pas, yeux bleus. Tes parents ont les enfants encore quelques heures. J'ai l'intention de passer autant de temps que possible avec ma bite profondément enfouie dans ta chatte étroite. »

Ses yeux se sont écarquillés et elle a bégayé. « Tu m'as épuisé, Rush. Je ne peux pas... » Je l'ai interrompue en scellant ma bouche sur la sienne.

Elle a trouvé l'énergie quelque part parce qu'elle m'a chevauché comme un étalon prisé peu de temps après que nous ayons atteint la chambre. Puis nous nous sommes endormis avec ma bite toujours gantée par sa chatte.

Quand les enfants sont rentrés à la maison, nous les avons emmenés dans le bureau pour jouer avec eux jusqu'à l'heure du coucher. En regardant ma femme chatouiller notre fille pendant qu'elle nourrissait notre fils, je me suis demandé si quelque chose pouvait être mieux que ça. Cinq autres enfants plus tard, je ne pouvais pas me poser la même question parce que chaque jour était meilleur que le précédent.

Don't miss out!

Visit the website below and you can sign up to receive emails whenever Dave Kerlson publishes a new book. There's no charge and no obligation.

https://books2read.com/r/B-A-NSFNB-ZSOPD

BOOKS2READ

Connecting independent readers to independent writers.

Did you love *Amour brûlant*? Then you should read *Beau Cœur*[1] by
Dave Kerlson!

Mystic's All Night Café, où le monde surnaturel de la ville se réunit
pour déguster les meilleurs cafés, thés et pâtisseries.

Gerri Markham se réveille et se promène dans les rues aux petites
heures de chaque matin pour suivre une thérapie physique après qu'un
accident de voiture l'a laissée veuve. Quand deux rats des rues tentent de
l'agresser, un homme grand et sombre vient à son secours. Elle ne réalise
pas qu'il va élargir ses horizons et changer complètement sa vie.

Livingston Daniels, prince du clan des vampires de la ville, cherche
sa compagne depuis près de deux cents ans. Il ne s'attendait pas à ce que
la femme avec laquelle il passerait le reste de sa vie contre nature soit la
femme fade qu'il sauve de deux hommes sans abri.

---

1. https://books2read.com/u/bO2q2N

2. https://books2read.com/u/bO2q2N

Gerri pourra-t-elle changer sa vie pour le prince vampire ? Livingston donnera-t-il à sa compagne le temps dont elle a besoin pour l'accepter ainsi que son style de vie ? Les prédictions de Mystic se réaliseront-elles ?

Also by Dave Kerlson

Compagnon oublie

Protégé

Te Laisser partie

Chaleur Interdite

Le chaton du viking

Ombres et désir

Le Joker De la Reine

Ne Touchez pas

3 Patrons Robustes et une fille Désemparée

À Court de Loyer

Tentation Dépravée

Beau Cœur

Le Diable

Attendre pour toujours

Au lit Avec l'ennemi

L'interview

La prochaine fois que je tomberai

Sa Reine

Faire semblant d'aimer

Femme recherchée

Irréparable

Les frères

Nuits D'été moites

Amour brûlant